47

I0647662

Pierre Jean Jouve

Paulina
1880

Mercure de France

CE LIVRE A PARU
POUR LA PREMIÈRE FOIS
EN 1925

Pierre Jean Jouve, né à Arras en 1887, est un des plus grands poètes contemporains. Parmi ses romans, où le thème de l'amour se mêle à celui de la mort, *Paulina 1880*, et deux œuvres qui constituent *Aventure de Catherine Crachat: Hécate* et *Vagadu*. Pierre Jean Jouve a reçu le prix Dante Alighieri à Florence, en 1960, et le Grand Prix National des Lettres en 1962.

Quand Jouve écrit Paulina, en 1925, il vient de vivre deux ans à Florence et à Arcetri où il a connu « un ciel immaculé sur la terre rosée coupée de fuseaux noirs, la terrasse d'oliviers et de roses, enfin la chambre bleue : tout ce qui forme le cadre du crime de Paulina ».

Fille unique d'une grande famille aristocratique, Paulina trompe la surveillance des siens pour vivre un amour illicite avec un homme marié, le comte Cantarini. Oscillant entre le péché et le scrupule religieux, Paulina veut se réfugier au couvent, mais bientôt le couvent ne veut plus l'admettre. Arrivée à l'extrême du désespoir, elle tue son amant, et sera condamnée à la prison, avant de finir, plus tard, dans la plus pauvre humilité.

Paulina se hâte, brûle, court à la catastrophe. Une nécessité obscure agit sur ses passions et la fulgurance du récit, haché, précipité, laisse toute sa place au mystère de l'inconscient. Chez Jouve, des débris du temps et du récit s'élève un chant d'une puissance poétique inégalée.

L'amour est dur et inflexible comme l'enfer.

Sainte Thérèse d'Avila.

CHAMBRE BLEUE

I

La chambre bleue a sept mètres de long, six mètres
de large et près de cinq mètres de haut. Elle prend jour
au moyen d'une fenêtre étroite emprisonnée par un
grillage. Elle rend tout d'abord une sonorité bleu sombre
qui provient de ses murs. La pierre est couverte de dessins
réguliers dont le motif est un feuillage gros bleu peint sur
un fond couleur de ciel. Le plâtre est également orné.
On y a représenté un énorme rideau jaune d'or. D'un
côté ce rideau fictif retombe, par une habile illusion
d'optique, plongeant on dirait dans la chambre même.
A l'opposé il se déchire avec fracas pour laisser voir le
ciel étoilé et une balustrade qui donne le vertige, sur
laquelle un ange grassouillet est assis en souriant. La
chambre bleue est silencieuse, ayant beaucoup d'histoire.
L'air a une odeur de songe et de calcaire creux. La chambre occupe l'angle midi-est de la villa *antica* établie au
milieu de la terrasse mélancolique et gaie et spirituelle
et enfin admirable sur la colline d'Arcetri, *detta Il Gioiello*,
dans laquelle bien des âmes ont ouvert et fermé leurs
yeux, où s'est déroulée depuis le XVIe siècle une longue

aventure. Le pavement quand on marche rend un bruit lourd, un bruit d'années, il a été siccativé il y a deux ou trois lustres, mais l'enduit a craqué sous les chaleurs de l'été et la brique apparaît partout dessinant des cartes de géographie bizarres. L'embrasure de la porte est de pierre. La fenêtre aussi est enfoncée dans la mélancolique épaisseur d'une muraille de pierre. Cette pierre est grise, elle a l'aspect du fer, le bois de la porte au contraire a un ton de miel un peu ranci. Les grillages de la fenêtre sont épais, rouillés, ils laissent passer les roses mutines au mois de mai, les roses sont trop petites, mais aucune barre ne peut arrêter le ciel tout en profondeur et en rayons vivants, et on aperçoit encore le volume considérable d'un cyprès qui fait toujours penser au feu, tour à tour vert religieux le matin, noir à midi, soie et or vers la fin de la journée. Il y a un poêle. Il est minuscule et n'a jamais rien brûlé et pourtant son gigantesque tuyau parcourt les deux dimensions du plus grand mur, celui que le jour de la fenêtre ne peut atteindre à l'endroit où se trouve une petite porte condamnée. Il y a aussi l'ameublement complet d'un salon. Cet ameublement dort et l'on craint de passer auprès de certains meubles à cause de leur fragilité. La chambre étant bleue comme nous l'avons dit, les quatre fauteuils et les sept chaises sont rouge grenat. Le rouge et le bleu échangent des provocations terribles. Le rayon du ciel arrive et entre ces deux ennemis se fait un raccommodement provisoire, de nature mélancolique. On rencontre un guéridon tourné et retourné, dont la forme ne peut rester une minute tranquille. Il est en acajou et ses moulures rapportées sont en ébène; l'ovale de son plateau reçoit l'impulsion d'une courbe puis de la courbe contraire et les deux courbes se brisent l'une contre l'autre par une pointe que les mains des jeunes femmes ont usée nerveusement tandis qu'elles écoutaient la déclaration d'amour. Sur le guéridon, un tapis au crochet, lavable, représente la Crucifixion de Notre-Seigneur entourée d'écailles quelconques. De petits tapis en sparterie se tiennent prêts devant les fauteuils à suivre les pas du visiteur. Maladroitement appliquée au grand mur est une armoire coiffeuse en bois de rose, ayant sur ses tiroirs des sujets mythologiques en ivoire probablement, Léda avec le Cygne, etc. Dans un angle le meuble nommé « serviteur muet » attend les ordres, avec ses deux plateaux superposés autour de son pied central. Et le reste d'un lustre de Venise, ses fleurs étranges, ses bouts cassés, dont la moitié a noirci, est accroché au plafond et penche.

L'inventaire est terminé.

Pourtant cet objet sur une table à l'écart de la lumière, était-ce une variété de méduse géante ou un simple globe de verre sur une chose indéfinissable? Le jour se retirait dans une profonde félicité. On s'approchait de l'objet étrange; c'était bien du verre; à l'intérieur une montagne de cristal de roche portait de petits personnages coloriés. Le Christ est en prière, les Apôtres dorment tout autour. Au pied de la montagne, une mitaine de filoselle était couchée comme morte sur un cahier à couverture jaune portant ce mot : Visitation.

Une ombre glissait, une main passait sur le verre. Quelque reflet du jour mourant, par suite d'un mouvement de tête que l'on a fait. Ou un fantôme de l'imagination que tant d'images du passé surexcitèrent? L'air s'épaississait autour d'une forme jeune et désirable, et défunte, transparente toutefois, que la main tendue pouvait traverser. Une odeur féminine se séparait des odeurs de la chambre. Un être se reformait. A présent brillait le regard, un regard noir et dur, mais de matière transparente comme le reste. On était fasciné et il était impossible d'avoir vraiment peur. On voyait l'Ombre, on comprenait comme elle était nécessaire dans la chambre bleue qu'elle n'avait pas quittée depuis une certaine heure solennelle jadis. On ne cherchait pas à approuver ou à nier son existence selon les notions évidemment simplistes que nous avons de la mort. Était-ce même l'ombre d'une morte? Qui peut savoir.

Paulina 1880.

TORANO

L'extraordinaire passion de Paulina dans ses premières
années à Milan fut d'abord endormie sous les dehors
d'une timidité farouche qui la faisait passer pour idiote.
Mais son être passionné surgit un beau jour au milieu des
personnages tristes et muets de sa famille avec l'instinct
joueur d'un jeune faon. La petite fille chagrine et sour-
noise devint une adolescente dont la vie captait pour
ainsi dire les rayons du soleil afin de briller en mots
joyeux, en rires étincelants, en mille petites manières
légères et nues qui assuraient qu'elle serait heureuse,
uniquement heureuse; elle donnait aussi des témoi-
gnages d'une intelligence à la fois très instantanée et
pleine de reculs, de mystères volontairement entretenus,
de réticences acceptées. « J'avais les cheveux d'un noir
bleu, la taille souple, mes seins étaient déjà formés à
douze ans, mais j'étais pure comme l'eau. » On remarquait ses yeux qui étaient chastes et tendres mais un peu
troubles, d'un reflet nocturne, disait le vieux signor
Farinata, l'ami de son père.

Mario Giuseppe Pandolfini âgé de cinquante-quatre ans
administrait une lourde fortune dans son palazzo de Milan
et ses cinq villas de la campagne munies de *cascine* nombreuses, qu'il avait pu sauvegarder au temps de sa jeunesse
contre les exigences de l'occupant autrichien. Il était d'une
nature lourde et concentrée, apparemment sans agita-
tions et sans histoire, il n'occupait pas une place particulière à Milan et peut-être était-il uniquement tourné
vers lui-même sans que l'on pût savoir au juste ce que
lui-même contenait. Il adorait sa fille mais celle-ci n'avait
pas lieu de se réjouir d'être si exclusivement aimée, car
l'amour du signor Pandolfini était pesant. La mère de
Paulina ne tenait aucun rôle et n'en voulait tenir aucun,
suivant l'usage en Italie; elle avait produit dans les
quinze premières années de son mariage sept enfants
dont quatre étaient encore vivants; les ayant voués à
la Sainte Providence, elle les regardait s'éloigner tandis
que sa vie à elle s'enfonçait toujours plus dans l'Église,
comme si son mariage n'avait été qu'une parenthèse et
si elle retrouvait à quarante-cinq ans son premier destin

qui avait été devenir nonne. Paulina était donc précédée dans la société par trois frères établis et riches qu'elle n'aimait point. Bruno était armateur à Gênes, il voyageait sur mer mais hélas il ne disparaissait jamais complètement de sa vue, c'est celui dont elle disait qu' « il avait une façon de l'aimer qui n'était pas celle d'un frère ». Attilio, bureaucrate, ne comptait guère car il vivait à part; on racontait qu'il avait de mauvaises mœurs et que depuis son récent mariage il continuait à fréquenter certaines « maisons » de Milan. Paulina innocente s'écartait d'instinct de ce second frère. Quant à Cirillo le banquier, il était de caractère taciturne, avant 59 il conspirait contre l'Autriche et se trouvait toujours compromis dans des histoires politiques. Lui venait presque chaque jour à la Casa Pandolfini pour le dîner du soir. Du reste il méprisait sa sœur. Les quatre hommes Pandolfini avaient une seule passion en commun : celle de surveiller jalousement l'existence de Paulina.

Paulina dans une atmosphère confite, conventionnelle et immuable, où les hommes ont de la majesté et très peu d'esprit, où les femmes ne s'occupent qu'à entretenir leur charme paresseux, une vie qui n'avait ni fêtes ni fantaisies ni plaisirs, ni âpreté ni tragédie mais beaucoup de méfiance, concentrée autour d'intérêts religieux et d'intérêts financiers, Paulina serait morte si elle n'avait pas été gaie de sa nature.

Paulina croissait en violence et en esprit souterrain.
A treize ans elle avait sa vie intérieure. Pour prier Dieu
elle s'agenouillait ou même elle se couchait entièrement,
à demi nue, sur le pavement froid en hiver dans la chambre Nord. Le vent qui passait sur son jeune corps l'épou-
vantait et l'exaltait au plus haut point, elle imaginait
alors tout ce qu'elle devait donner au Seigneur et désirait
trouver en elle des souffrances plus pures, plus belles,
plus atroces, qu'il serait doux de lui offrir. Elle avait
naturellement la notion du péché, et vivre même lui
semblait inséparable d'une certaine faute obscure et
capitale, celle que le père Bubbo son confesseur appelait
« originelle ». Elle était bien certaine que Dieu a besoin
de notre souffrance et ne nous aime que si nous souffrons.
Dieu lui-même a voulu souffrir en son Fils. Mais un
accès de gaîté la guérissait de ces dévotions. Elle déclarait Milan odieux; elle obtenait la permission de fuir
dans une de ses terres, sous la garde de mademoiselle Priscilla, personne absolument sûre qui lui enseignait le
piano et l'Histoire Sainte, et dont le regard était aussi

méfiant que celui du signor Mario Pandolfini lui-même. Paulina courait le long des petits canaux sur l'herbe nouvelle, et dans l'eau jusqu'aux cuisses en avril elle mangeait des fleurs à pleine bouche. Elle se croyait aimée par le vent comme certaines créatures mythologiques, elle connaissait les légendes des paysans ou les histoires des anciens dieux, faisait parler les arbres, devenait dryade, et croyait même intriguer avec un faune dans la plus grande des *bandite*, celle de Torano où une très sombre *cipressaia* descendait sur le lac de Côme.

Elle adorait un chevreau à la ferme de Torano. Il avait
les yeux doux, tendres, pleins d'étonnement, comme les
siens. Elle l'enfermait dans ses bras et courait l'ayant
sur sa poitrine. La chaleur du petit animal l'emplissait
de trouble et de crainte, pourtant elle était sûre que le
chevreau fût un pur esprit, une âme, une personne mystérieuse incarnée. Elle allait jusqu'à le rapprocher de
l'Agneau Divin dont le curé Paoli parlait en chaire. Elle
embrassait nerveusement son museau qui tremblotait, et
elle restait une heure en extase devant ses yeux à la
pupille horizontalement fendue qui lui donnaient son
air diabolique. Elle aimait surtout l'emporter le soir
quand la lune monte dans le ciel vert avant la période
des chaleurs; leurs entretiens étaient alors pleins d'une
poésie admirable et terrible, celle des choses qui vont
affreusement finir. Le fermier qui n'aimait pas Paulina
fit savoir qu'il égorgerait cette bête comme les autres.
Paulina voulut courir à Milan, se jeter aux pieds de son
père, elle n'en avait pas le temps et le chevreau serait
tué le soir même. Sa mère était en voyage, personne au

monde ne pouvait plus sauver le bien-aimé, indifférent comme toujours et qui broutait l'herbe devant ses yeux obliques. Alors l'esprit de Paulina fit une brusque conversion; entrant dans l'étable elle déclara que le chevreau serait tué, tué, mais tué par sa main à elle. Le fermier méchant ricana, l'aida, poussa sa main. Elle sentit le couteau pénétrer dans le cou de la bête, sa main fut mouillée de sang chaud, elle était droite, glacée, le regard terriblement absent, et seule sa petite lèvre inférieure avait une palpitation.

Paulina jeune fille aimait surtout dans les églises les
supplices des Saints. « J'allais à l'église pour les regarder
souffrir. » Elle voyait les martyrs dans les vieilles fresques
à la fois plus vraies, plus horribles que la vie, mais parfaitement tranquilles, apaisées et devenues belles, tandis
que le soleil éclatant grisé de poussière à midi pesait de
toute sa force sur le parvis de l'église pour essayer de
franchir le velum sale tendu dans la grande porte et
défendant le demi-jour de la maison de Dieu. A San
Maurizio, il y avait le martyre de sainte Catherine et celui
de saint Maurice, mais dans mainte autre petite église
cachée parmi les quartiers populeux, ce n'étaient que
bruit de sanglots, égouttement de sang, agonie, et béati-
tude enfin sur le visage du Saint. Paulina ne savait pas ce
qu'était la peinture et elle ne lisait jamais de poésie, mais
elle adorait une image qu'elle avait : L'Extase de sainte
Catherine de Sienne peinte par Sodoma, d'un amour
trouble, immense et absolument intérieur à elle-même.
Sainte Catherine à genoux s'affaisse. Sa main est blessée
par le stigmate; sa main pend, elle repose chastement

dans le creux des cuisses. Comme elle est femme, la pure image, la religieuse, ces larges hanches, cette douce poitrine sous le voile, et ces épaules. Ce n'est pas moi qui ferai jamais une si belle épouse, je suis maigre, pas formée pour l'amour. Le creux des cuisses signifie l'amour, mais il ne faut pas penser selon la chair, c'est une idée de Satan. Deux autres religieuses soutiennent Catherine, celles-là ne comprennent rien et ne voient rien, le monde du bonheur est fermé pour elles; et Catherine heureuse est morte. Son visage a perdu la vie! Elle est morte, elle est morte, aimer c'est mourir. Elle est dans la joie, elle dort. Qui m'aimera jamais moi, qui me fera mourir? Et Lui se retire, il vole, il s'envole. Tout le monde sait que Catherine avait épousé le Christ. Ah, si Tu pouvais, un jour, Te retirer de moi après m'avoir blessée! Comme la Sainte est pliée en deux, et Lui comme il est au contraire raidi avec son corps qui forme un cercle, et tout-puissant avec son bras levé. O mon doux amant Jésus disait sainte Catherine. La vision de Paulina se troublait, une étrange chaleur montait de son corps à sa pensée, elle éprouvait un désir brusque d'embrasser, de mordre, de battre et d'être anéantie. Elle faisait rapidement un acte de contrition, et elle courait chez son confesseur.

Les ruelles vers la fin de l'après-midi chaude étaient désertes, aucun souffle ne faisait bouger les stores sur les portes, une lourde odeur de poussière et d'urine séchée gagnait les cours les plus sombres où le creux de la pierre doit garder aussi longtemps que possible un reste de fraîcheur. Paulina, l'impétueuse giovinetta du respectable Mario Giuseppe Pandolfini, quittait les hautes pièces entièrement noires derrière leurs volets de bois plein, elle repoussait ces choses tristes, cette funèbre maison Pandolfini où elle serait enfermée encore deux semaines jusqu'au baptême de sa nièce Berta (au lieu d'être là-bas sur son cher lac, son lac chaud, son lac bleu ardent devant lequel tout le jour, presque endormie comme Catherine, on peut penser à Dieu, à l'amour et à soi-même), et elle se jetait dans le ciel de la rue, bravement et sans ruser, sans rechercher les pauvres morceaux d'ombre. La grande église de brique rose, Sainte-Marie-des-Grâces, apparaissait. Dans ce lieu majestueux et brûlé par le jour, mais dont l'intérieur serait frais comme la tombe, son confesseur l'attendait. D'anciennes fresques de Saints droits et très simples, sur les parois d'une petite chapelle, entouraient la jeune pécheresse.

Le père Bubbo était un vieux dominicain de l'espèce la plus fine, directeur de tous les Pandolfini existants, qui avait conduit à leur dernière demeure le père du signor Giuseppe Pandolfini, sa sœur Irma et les deux enfants de celle-ci, plus les deux sœurs et le frère de Paulina qu'elle n'avait point connus et que le Créateur avait rappelés à lui. Paulina croyait apercevoir dans la pénombre les deux yeux du Père chargés de tristesse et d'une douceur merveilleuse, claire, claire comme le vol des colombes qui s'abat du campanile à Torano pour tomber sur les toits environnants. Le père Bubbo n'était pas un de ces prêtres de salon; il n'avait pas d'élégance, mais il était savant, mystérieux, plein de secrets. Toute la campagne autour de Milan le connaissait, et même des montagnes du Nord, de toute la Lombardie, de Gênes, on venait le trouver, les paysans par bandes le dimanche montaient dans leurs chariots bleus et rouges traînés par des bœufs, ou grimpaient sur leurs *sediole* comme attachés à la croupe d'un petit cheval, arrivaient aux environs de Sainte-Marie-des-Grâces, et allaient boire un coup dans les trattorie avant de venir voir le Père. Il connaissait la science des simples, les cures naturelles, la médecine homéopathique, lisait le grec et l'hébreu et savait par cœur les *canti* de Dante, sur l'architecture des églises de Lombardie construites par les *comacini* de la région des lacs au Xe siècle, il avait aussi des vues merveilleuses; mais surtout il savait interroger le Destin (qui, disaient les Anciens, est supérieur aux Dieux) par le moyen du ciel étoilé, il prédisait l'avenir aux pauvres gens dans les limites du respect que nous devons aux volontés de la Sainte Providence, enfin il guérissait. On racontait qu'il pouvait dire le caractère d'un homme, ses habitudes, son histoire, combien il avait eu d'enfants, s'il était une brute ou un honnête chrétien, dès que cet homme lui avait fait connaître le jour et le mois de sa naissance. (Il correspondait même avec les âmes des défunts, mais ceci très prudemment, car il savait de source certaine que l'Archevêché ne regardait point cette activité d'un œil favorable.) Les paysans lui demandaient surtout de conjurer le mauvais sort et d'écarter la *jettatura*, l'influence maligne jetée par les yeux des crapauds, des serpents, des coquins, ou même des malheureux victimes de la puissance maléfique; or, le père Bubbo savait non seulement écarter la *jettatura*, mais guérir le jettatore et le réhabiliter. Celui qu'il avait initié connaissait les trois sortes de cornes, la manière de les opposer au mauvais œil, et encore d'autres mesures pratiques pour briser l'air entre soi et le nécromant. Il dissipait les fièvres qui frappent le bétail, il empêchait les avortements, — mais *Gesummio!* il n'était peut-être ni guérisseur ni faiseur de miracles ni sorcier ni savant, seulement un bon homme de vieux prêtre qui a beaucoup connu, vu et retenu, qui a connu des paysans, des citadins, des nobles, des prêtres, des marchands et des pauvres, qui a vu les Français à Milan et les Autrichiens partout, qui a assisté plus d'une centaine de gens sur leur lit de mort, qui a entendu beaucoup d'histoires. Celui dont les yeux ont vu passer toutes choses : le bon et le mauvais, l'amour chez les jeunes et les vices chez les vieux, la volerie, la méchanceté et la misère, et aussi la vertu, la gentillesse. Et avec ça il était bien gracieux le père Bubbo malgré son gros ventre, quand dans sa chambre froide près du cloître il chantait, en s'accompagnant sur l'harmonium, un air de *gregoriano*. Je l'adore, pensait Paulina en franchissant le seuil obscur de l'église, c'est mon véritable père.

Parle, mon enfant, dis tes péchés, commençait doucement le Père. Hélas les péchés de Paulina ne tenaient aucune place, ils étaient seulement dans son imagination et la conscience qu'elle voulait avoir d'être une pécheresse. Défie-toi du péché d'orgueil, concluait le Père avec plus de douceur encore.

Paulina touchait à sa quinzième année quand sa mère entra dans la chambre dont elle ne devait plus sortir jusqu'à l'heure de sa mort; elle s'en allait, disait-on, de consomption. La bonne dame passa ses six derniers mois en prière et eut une fin fort édifiante, à laquelle Paulina n'assista point, car on craignait pour ses nerfs trop sensibles. L'enfant avait été mise à la campagne, et c'est là qu'elle apprit la mort de sa mère bien-aimée, versa beaucoup de larmes, se sentit seule au monde. Mais en fait il n'existait entre sa mère et elle que des liens tout à fait ténus et la mort les coupait sans que Paulina éprouvât une vraie perte. La mort de Lucia Carolina Pandolfini fut seulement pour la jeune fille l'occasion de nombreuses crises de conscience et amena un redoublement de sa religiosité. Paulina voulait porter le deuil et se sentir accablée, elle le fut, pendant la fin de 1864 et l'hiver qui suivit; année sombre avec des éclaircies bizarres durant lesquelles elle oubliait sa mère défunte, la maison Pandolfini, perdait de vue le passé et l'avenir et se sentait voluptueusement devenir femme. Son corps, son visage se formaient sous un doigt invisible. Ses yeux s'agrandissaient, remontaient légèrement vers les tempes, et de longs cils les habillaient de pudeur, de ruse et de silence. Le regard venait de profondeurs extrêmement noires, mais limpides. Sa bouche était doucement et nonchalamment modelée, à la manière milanaise, ne se proposant que le bonheur. Elle devenait grande, son corps était bien inventé, de forme pleine, et elle riait de le voir. Il est certain que la signorina Pandolfini apparaissait une des « promesses » de la société, et que bien des désirs se tournaient vers elle, sa beauté, sa fortune, sa très précieuse personnalité. Ces faits nouveaux survenant juste une année après la disparition de la mère qui eût dû veiller sur la destinée d'une aussi fougueuse jeune personne, les Pandolfini se décidèrent à prendre des mesures de surveillance exceptionnelles. L'honneur de leur famille morose se sentait déjà menacé par le mouvement parfumé de l'air autour de Paulina. Cette fille trop belle et surtout trop vivante était leur inquiétude. Dorénavant, Paulina en se couchant dut remettre la clé de sa chambre à mademoiselle Priscilla, qui fermait la porte à double tour de l'extérieur et s'en allait avec la clé dans sa poche. Quand on était à Milan, il y avait une précaution de plus : mademoiselle Priscilla était invitée à déposer la clé entre les mains de Mario Giuseppe Pandolfini en personne.

II

Je suis bien formée. Ils sont deux. Les biches. Le contour est poli comme l'ivoire, ainsi font les peintres dans les peintures. O Madonna. Mes seins. Mes petits seins vous êtes des biches. Voulez-vous venir sur la montagne? Non, nous voulons rester ici. Le cadre de mon miroir contient exactement ma poitrine. Pas trop forte, pas trop lourde, pas trop tendue. J'ai horreur de cette comtesse Lucia avec son tremblement agité. Lui au moins ne m'a pas touchée! Pas même de l'ongle. Qui ça, lui? Qui ça? Personne, personne! Ah ah ah ah! Comme je l'aime le chevalier. Le chevalier. M'a regardée. M'a regardée. Santa Lucia. Comme je t'aime ma petite amie, toi, toi, tu es Paulina, tu as les plus beaux seins de Milan. Qui les embrassera? mon Dieu je vieillis. Ni Monica! ni la belle signora Negreto! ni ma cousine Porcia qui pourtant les porte si bien. Personne. Pas une comme moi. Je suis belle. Je suis adorable. Je suis adorée adorable. Je t'adore. O mon amie tu es une parfaite beauté. Je voudrais t'avoir! Si tu étais réelle. Je voudrais baiser ton âme.

Ma dimmi: al tempo de' dolci sospiri,
A che e come concedette Amore,
Che conosceste i dubbiosi disiri?

Ce n'est pas bien. Mon Père, les douceux désirs. Voilà
trois jours que cela me prend quand je me vois dans le
miroir. Mon Père j'aime la poésie de Dante et surtout
l'histoire de Paolo et Francesca. Cette histoire sera toujours, et Dieu punira éternellement ceux qui la recom-
menceront. J'aime la justice de Dieu et je ne la comprends
pas. Mais Paolo et Francesca sont si bons, si tendres!
Comme les petits oiseaux jetés du nid ils palpitent avant
de mourir. La force qui les fait s'aimer est la plus grande
de toutes les forces, Dieu même ne peut rien pour la
détourner parce qu'il l'a un jour créée comme il a créé
le monde, Paolo et Francesca obéissent à Dieu et c'est
tout. Malatesta les tue, c'est naturel. Et tous les trois vont
en Enfer. Mon Père! que j'aime cette histoire, comment
l'expliquer, comment la comprendre?

La bocca mi baciò tutto tremante...
Quel giorno più non vi leggemmo avante.

J'ai peur d'être trop belle. Couvre ta poitrine.
Dans une heure commence le grand bal des Lanciani
pour mon entrée dans le monde. Les Lanciani donnent
leur bal parce que j'ai dix-neuf ans.
Il sera magnifique, la salle sera tendue de soie de
Gênes, il n'y aura plus ni chaises ni portes, les bougies

du grand lustre flamberont toutes, je serai admirablement jolie, « regardez, la voilà qui entre ». Combien de danseurs aurai-je dans toute la soirée? J'espère que Cirillo va me laisser un peu tranquille. Mon père jouera aux échecs. J'adore la lumière la nuit. Le jardin aussi aura des lanternes. Le comte est dans l'obscurité. Voyons, quelle sottise ma chérie! Le comte Cantarini a 40 ans. C'est un homme remarquable. Remarquable? Et en quoi donc s'il vous plaît? Mais il est riche, il fait de la politique, il va devenir sénateur ou député, il a une belle bibliothèque. C'est tout? Alors vous pouvez le garder pour vous ce beau comte ami de mon père, et s'il a je ne sais plus quelle décoration, voilà qui m'est bien égal! On dit partout que c'est un bel homme. Et moi ne suis-je pas plus belle? Doux seins, doux petits seins, je vous enferme mais dans cette robe de soie d'argent on peut, on peut vous deviner. Qu'ils cherchent, qu'ils devinent!

— Je veux être pure. Pure. J'aime la glace et l'acier. Je serai pure comme la glace et l'acier. Je n'aurai plus de corps. Au père Bubbo j'ai dit : pourquoi ne serais-je pas un Ange? Sans corps, sans douleurs, sans désirs, à force d'exercer et d'endurcir mon esprit? Il a souri. Il est si bon. Non, c'est un vieux sorcier. Non, il est délicieux. Le comte Michele ressemble au père Bubbo. Quelle idée ridicule! Michele et Bubbo. Je suis une sotte. Mon corset me fait moins belle, je vais me mettre en retard. Ma poitrine serait-elle plus jolie que mon visage? J'ai dix-neuf ans. On m'adore à Milan. Voilà mon deuxième bal pour l'année de mon apparition dans le monde. Et les Bonnomi, et Piero Solari. Ils sont fous de moi. Absolument fous. Quels gentils garçons. Je me moque d'eux. Je les prendrai par les cheveux quand je voudrai. Mon éventail. Là, derrière mon éventail à la mode de Paris. A Paris sont les plus belles femmes de toute la terre. — Mon Père, venez à mon secours : je veux être pure, comme l'acier et comme l'eau. Entrer dans les ordres; me mortifier; blesser mon corps, élever mon âme. Non pas encore. Je suis trop folle. Je veux avoir le monde à moi. Milan, les hommes, tout. C'est trop beau, c'est trop beau! ah! quelle pécheresse je suis. Je suis pleine de contradictions. Mais non cher papillon, prends garde à la flamme, en voilà encore un qui va mourir comme celui de l'autre soir, il va mourir tout de suite! Il revient dans le feu malgré lui, il ne comprend pas le feu et la moitié d'une aile est déjà brûlée, il revient, il revient encore, mais c'est le feu, malheureux papillon, c'est le feu!

Tout se passa comme elle l'avait rêvé. Quand elle **entra** sous la grande lumière des bougies et des flammes de gaz, dans sa robe de soie d'argent à crinoline, qui dégageait de façon si aristocratique ses épaules déjà fameuses, il y eut un murmure de plaisir discret mais très sensible parmi les danseurs, un sourire protecteur des vieilles dames, et la charmante bonhomie italienne fut un instant touchée au cœur; dans l'ombre du jardin de pierre où les citronniers portaient des lanternes, par la grande baie ouverte sur la soirée de juin, elle apercevait le comte Michele Cantarini silencieux et absorbé, son regard entièrement perdu dans la personne de Paulina.

Il pleuvait, la tristesse italienne si particulière, avec sa
luna ou si vous voulez son cafard, imprégnait les murailles
qui paraissaient suinter, et la *luna* pénétrait aussi le cœur
de Paulina assise et songeuse. La chambre était sombre,
emplie de nuit par en haut, les fortes averses débordaient
en ruisselant des gouttières du toit. Paulina aux yeux
cernés, délicate et sensible de n'avoir pas dormi, cherchait à découvrir le visage de cette petite peine indistincte
qui abîmait son bonheur de la nuit de fête.

Cirillo entra. Son visage épais, bien que souriant,
n'inspirait pas confiance. Il vient pour m'ennuyer. Il
m'a espionnée pendant une partie de la nuit, je le sais
bien. Cirillo baisa la main de sa sœur, s'informa de sa
santé, fit quelques réflexions sur l'état malencontreux de
l'atmosphère, et sans transition commença une scène de
jalousie.

Paulina apprit qu'elle partirait très prochainement
pour Torano.

Vue de Torano; les quais avec les arcades, les maisons
roses, les toits couverts de colombes. Les rides de l'eau,
la gaze vaporeuse sur l'eau, les sabres clairs dans l'eau,
les barques avec leurs bâches posées sur des arceaux
ronds et les deux rameurs debout, les solides gaillards
dans la chaleur qui chantent sur quatre ou cinq notes;
le petit village est en lignes droites pures, il paraît merveilleusement jaune, les barques sont rangées, il est midi,
non c'est le soir, les bouquets jaunes ou rouges éclatent,
les lauriers-roses, l'église est très haute dans le ciel qui
est un peu vert à cause des montagnes, tout cela est
enfantin; le comte tient la main de Paulina dans les
ruelles tout à fait semblables à des crevasses entre les
maisons. Mais comte, je vous aime, voudrait dire
Paulina, je vous aime depuis longtemps; vous êtes venu
à Torano plusieurs fois quand j'étais petite. Il paraît
qu'il y sera encore cette année. C'est un ami. La grande
villa Pandolfini est rose et jaune. Des escaliers ornés de
lions conduisent à la cour centrale. Là règne Cesare le
vieux domestique-gardien. Comme les pièces d'apparat

sont belles! C'est plus riche qu'à Milan. La *cipressaia*
commence juste après la terrasse supérieure; il y a
quatre marches, puis de l'herbe, encore quatre marches,
de l'herbe, et ainsi de suite jusqu'au lac. Les hauts cyprès
de chaque côté ont cent vingt ans; il faut les voir le
matin à contre-jour, noirs dans le ciel couleur de lilas.
Que je suis heureuse! Je t'adore, mon Dieu.

Au début de juin 1869 elle arrivait à Torano. Seule
sous la garde de mademoiselle Priscilla. Les signori
Pandolfini et quelques hôtes étaient attendus pour la
fin du mois.

Il faisait extrêmement beau. La chaleur accablait déjà
les pierres et les gens ne chantaient plus pendant le
milieu du jour.

Paulina était enchantée par un charme, qui était
tombé sur elle. Elle se sentait engourdie, sous le bonheur
ou l'inquiétude, elle ne savait. Je n'ai, répétait-elle,
aucune raison d'être si heureuse. Elle ne vivait presque
pas. Il lui semblait toujours qu'elle attendait quelque chose
d'admirable. Chaque nuit montait dans le ciel la lune
la plus belle, la plus sensible. Paulina était plus douce et
plus claire que la lune. Elle avait conscience d'être devenue un nouvel être depuis le bal des Lanciani. Une porte
allait s'ouvrir et à cette idée un mouvement de passion
si violent se produisait en elle que son âme devait bientôt
renoncer à l'éprouver entièrement. Alors son engour-
dissement la reprenait. L'étroite surveillance des Pan-

dolfini la laissait absolument libre puisque nue devant la lune elle pouvait aller dans ses rêves comme elle voulait.

Dans le même temps elle éprouvait un sentiment de détresse à se sentir éloignée de son père. L'affection taciturne de son père et la caresse qu'il lui donnait sur les cheveux avec sa main potelée. Ses regards lourds et bons, et en eux une inquiétude autoritaire qu'elle aimait, oui, qu'elle aimait bien. Mon père! mais vous êtes toute ma raison de vivre. Si je m'éloigne de vous, je suis perdue comme une aveugle. Revenez vite! Je vous donnerai moi-même, avec bonheur, la clé de ma chambre en recevant votre baiser sur mon front.

Et d'où venait ce sentiment d'ennui qui se glissait
comme un voleur entre tous les états contraires de son
esprit? C'était autre chose encore que le désir de revoir
son père. L'ennui italien avec ses yeux brillants, les
danses le soir au son des mandolines, l'irritation pendant
le jour parce que le soleil n'est jamais couvert de nuages.
Que sais-je moi? Je m'ennuie. Je voudrais être emportée
par un brigand, ou faire un voyage dans la compagnie
d'un prince, voir un ange marcher sur l'herbe, ou adop-
ter un enfant pauvre. Un autre jour elle imaginait une
merveille plus vraisemblable : on la demandait en
mariage. Elle montait l'escalier de la *cipressaia* et balan-
çait si elle répondrait oui ou non. Les cigales faisaient
leur bruit fusant pour la fin du jour et un grand calme
rose était descendu sur les montagnes de l'autre rive.
L'eau, que l'on voyait par-dessus les toits, était déjà un
peu noire.

C'est dans la cipressaia, le plus souvent vers le soir
comme aujourd'hui, que nous avons lu, lu et chanté la
Divina Commedia, une partie de *L'Inferno* et *Il Paradiso*,

et ensuite j'ai su qu'il existait un monde plus immense, plus terrible, plus éternel que ce monde; c'est après la *Divina Commedia* que tout changea et que la vie cessa d'être enfantine et bonne.

La société qui arriva avec Mario Giuseppe Pandolfini
cette année-là fut nombreuse et enjouée. Cirillo, il est
vrai, était aussi préoccupé que son père et son caractère
jaloux devenait toujours plus aimable; mais on comptait
encore à table Monica Dadi et son mari qui étaient jeunes
et décidés à s'amuser, madame Lanciani qui portait des
« anglaises » malgré son âge et qui aimait tendrement
Paulina, le comte Michele Cantarini, cet homme grand
et plein de charme dont la conversation était si agréable,
lequel était marié mais bien mal marié avec une comtesse
toujours malade et qu'il laissait à Milan. Il y avait aussi
les neveux du comte, deux jeunes gens à la mode bri-
tannique qui partaient pour excursionner dans les montagnes de Suisse.

Mario Giuseppe Pandolfini avait embrassé sa fille avec
le mouvement habituel, c'est-à-dire que sans la toucher
il lui avait tendu ses grosses joues l'une après l'autre;
puis informé de sa bonne santé, il avait disparu dans le
cabinet du premier étage où il allait parler avec son
fermier sur la récolte des vers à soie.

Selon la coutume également, Cirillo avait disposé partout, dans toutes les parties de la villa, son regard de surveillance, afin que rien de ce qui pouvait se passer n'échappât à sa vue.

On fit les honneurs. Il y eut presque chaque jour soirée dansante. Paulina s'amusait bien, mais ce drôle d'ennui était toujours derrière elle.

18

Et le matin, quand elle avait descendu l'escalier, elle se trouvait en face de son père assis dans la plus grande salle devant la table style Renaissance, recevant le compte d'un des métayers ou expédiant un courrier compliqué à Milan. Cirillo était là aussi, lui qui de toute la journée ne quitterait pas sa sœur de l'œil. Le signor Mario Giuseppe Pandolfini était de plus en plus lourd, et depuis deux mois sa paupière de droite s'obstinait à demeurer fermée, si bien qu'il devait pour lire un papier «écrit petit» tenir la tête très en arrière. Paulina comprenait quelle place importante, extraordinaire, son père avait prise en elle depuis quelque temps, mais si elle l'aimait ou si elle le redoutait, si son sentiment pour lui était amour ou s'il était haine, elle n'aurait pu le dire même sous la menace de la mort. Comment cet homme si calme peut-il être mon père. Par nature Paulina n'était que feu et vapeur « comme le Vésuve à Napoli », si joyeuse qu'il lui semblait que le ciel allait s'entrouvrir pour elle, ou si triste qu'elle cherchait des yeux l'endroit le plus profond du lac où elle irait se jeter cette nuit.

Et elle était entièrement sincère, tout à fait elle-même dans chaque rôle; si elle avait décidé de mourir elle préparait déjà une vieille robe, elle écrivait sa dernière lettre, choisissait la barque qu'elle prendrait avant le coucher du soleil. L'instant d'après le vent tournait et elle redevenait joyeuse. C'est en se remémorant ces mouvements incompréhensibles qu'elle considérait son père toujours semblable. Jusque-là il avait été simplement le père, entouré de respect comme il convient, et loin d'elle dans un autre monde très ennuyeux. Le monde ennuyeux se rapprochait ou encore Paulina entrait dans le monde? Quoi qu'il en soit, cet homme gras et blême était son père. Elle ressentait de l'effroi et du désir. Mais oui, et elle l'aimait. Non elle ne l'aimait pas, elle se méfiait. Se méfier de toi, papa, mais cela est impossible et de plus c'est criminel! Paulina comprenait qu'elle était un membre détaché de son père, une créature de lui, une Pandolfini, la belle héritière Pandolfini, la préférée entre les quatre enfants, et elle se jetait dans les bras de Mario Pandolfini majestueusement levé, et l'embrassait d'un baiser que l'émotion faisait trembloter.

Mario Giuseppe Pandolfini surveillait sa fille et dans sa fille il veillait sur l'honneur des Pandolfini avec une jalousie vindicative; mais son unique fille était si belle et si parfaite à ses yeux que dans la rue il lui arrivait de redresser le dos s'il pensait à elle. Il y avait beau temps qu'il avait cessé d'aimer sa femme, cette épouse de prêtre, bien avant qu'elle mourût. Mais de sa fille il était probablement épris comme un jeune homme. Il rêvait d'elle la nuit. Il imaginait en songe qu'il recommençait la vie et c'était avec sa fille. Elle pour lui et lui pour elle exclusivement. Alors il retrouvait en lui-même la force et l'ambition, il se sentait capable d'occuper une situation dans les affaires publiques, où même de devenir ambassadeur dans un pays étranger comme son père l'avait été à Venise au temps du Royaume d'Italie sous les Français. Mario Pandolfini simple propriétaire sans histoire, soupirait. Il regardait sa fille. O rêve. Et pour qu'elle ne vît rien de son trouble, il lui faisait une observation morose sur sa toilette.

Il fut décidé qu'on donnerait une grande fête de nuit au milieu de juillet avant le départ des hôtes, et Mario Giuseppe Pandolfini fixa les détails avec sa fille.

Les jours. Les nuits. Le lac. L'atmosphère.

Ce qui change et ce qui ne change pas. Paulina gémissait parfois toute seule. Elle avait une peur folle qu'on ne la vît nue à sa toilette. Les jours. Les nuits.

Le comte Michele Cantarini l'avait regardée par trois fois d'une façon tellement aiguë, tellement prenante qu'elle tremblait secrètement en songeant à cette chose-là.

La première fois, c'était au bal Lanciani.

La seconde fois, c'était ici dans la cipressaia.

La troisième fois, c'était... Et il lui avait parlé.

Paulina perdit le sommeil pendant plusieurs nuits, non qu'elle éprouvât un chagrin ou qu'elle eût peur, mais elle songeait à des choses absurdes avec une rapidité surprenante. Sa pensée allait plus vite qu'elle, se fixait tout à coup sur des êtres singuliers, inintéressants, par exemple cette comtesse Zina, épouse du comte Michele et que Paulina jusqu'à cette époque n'avait jamais considérée comme existant d'une manière vraie. Pourquoi rêver douloureusement à cette femme?

Quelle bizarrerie. Je ne connais pas un de ses traits, et pourtant dans mon esprit je suis toujours avec elle, je vis à côté d'elle à Milan. On dit qu'elle reste toute la journée dans sa chambre. Mais non, chasse donc cette femme! Et pourquoi s'est-il écarté de moi si précipitamment l'autre soir?

Mais personne ne connaît cette femme, elle n'a pas d'amis, on raconte qu'elle se cache parce qu'elle est petite et contrefaite! d'autres prétendent qu'elle est enfermée dans sa chambre par mélancolie! Le comte Michele est marié. Marié? Oui marié. Ne le sais-tu pas.

Et puis? Comment, et puis? Où veux-tu en venir ma chère? Ça ne s'appelle pas un mariage. Oh oui certainement il a beaucoup vécu, lui, et cela est naturel pour un si bel homme. Peuh, bel homme. Il n'a pas de religion, il n'en a pas, il ne croit pas en Dieu, le père Bubbo me l'a dit. Pourquoi le père Bubbo est-il si loin de mon pauvre cœur? « Vous inventez vos péchés, vous êtes meilleure que vous ne vous faites, mon enfant allez en paix. » Dix *Pater*. Dix *Ave*. Je voudrais avoir à dire tout un rosaire! Il me donne toujours une pénitence trop douce, à peine est-il sorti de la chapelle que j'ai fini, c'est honteux. Et pourquoi maintenant cette idée : le comte Michele a eu beaucoup de femmes? Une fille pure repousse les mauvais rêves. *Ave Maria gratia plena*. Ou même a-t-il séduit une fille pure, dans sa vie? Quels moyens a-t-il pour approcher la jeune fille lorsqu'elle est gardée comme moi? Tais-toi, tais-toi! impure, méchante, perverse. Mais cet homme est élégant, il est fort, savant, il écrit des poésies, il est si riche qu'il ne prend même pas la peine de s'occuper de son argent comme papa, alors comment a-t-il pu épouser cet avorton? Laisse-la donc! Mon Dieu pardonne-moi mes jugements téméraires et mes impuretés.

Paulina s'endormait dans le cauchemar du remords n'ayant rien, absolument rien à se reprocher.

Le comte Cantarini avait corroboré ses souvenirs à l'aide des renseignements fournis par mademoiselle Priscilla.

L'escalier amenait au premier étage dans le grand salon de réception couleur orange, avec les bustes le long des murs représentant la branche noble des Pandolfini en Toscane, salon d'où l'on voyait d'affilée le jardin, la cipressaia et tout au bout les eaux du lac, en un panorama que le comte Michele avait souvent admiré à haute et intelligible voix.

Le salon commandait les chambres à coucher.

A droite près de la fenêtre s'ouvrait la chambre de Mario Giuseppe Pandolfini, très grande, dont le lit faisait face au jour. De sa chambre on passait dans celle de la jeune fille. C'était par une petite porte au fond, ouvrant sur un corridor étroit qui cheminait derrière l'escalier et donnait accès à une salle également grande et belle, un peu moins gaie, prenant jour sur la cour d'honneur : la chambre de Paulina.

Si l'on continuait, on arrivait à la pièce contiguë, où

dormait mademoiselle Priscilla; cette dernière chambre avait eu jadis une entrée directe par le salon de réception; mais la porte en avait été condamnée et scellée à l'intérieur.

Chaque soir, lorsque Mario Giuseppe Pandolfini était au lit et sa fille dans sa chambre, Priscilla venait apporter un crucifix d'ivoire de plus d'un mètre qu'elle plaçait au bout du lit devant le vieil homme. Puis elle donnait un tour de clé à la porte vers le salon, et plaçait la clé sous le chevet de son maître. Ceci fait, tout le monde était enfermé. Priscilla passait ensuite dans la chambre de Paulina, jouait avec elle une ou deux parties de dames, et l'on faisait la prière; puis la vieille demoiselle se retirait et s'endormait bien vite.

Cirillo, lui, était dans la chambre voisine de celle occupée par mademoiselle Priscilla. Et de là il pouvait épier les bruits. Quant au comte Michele, il était logé au rez-de-chaussée.

La fête était brillante et extrêmement gaie. Le comte Michele Cantarini organisateur des plaisirs était l'objet de la louange générale. On dansait à minuit sur la terrasse à la lueur de la lune, la cipressaia portait encore plusieurs guirlandes de lanternes, la douceur du soir entourait les belles peaux en sueur et tout le monde était jeune. Les lueurs, les yeux profonds, les sourires, les dents claires dispersaient toutes les peines intérieures. La salle d'honneur de la villa, dénudée et vivement éclairée, contenait tous ses danseurs, deux petits orchestres, l'un viennois dans la salle, l'autre napolitain au dehors, faisaient rage ou répandaient le narcotique de la valse. Même ce grognon de Cirillo se représentait avec plaisir que la réception d'été offerte par les Pandolfini à la noblesse environnante et au Préfet de Côme réunissait une centaine de personnes, parmi lesquelles les plus jolies femmes de la région du lac, et que le bruit de cette soirée parviendrait jusqu'à Milan.

A minuit et quart le comte Michele croisa Paulina en passant d'une pièce à l'autre. Il prit le temps de lui dire :

« Cette nuit, à deux heures, je serai à la porte de la chambre de votre père, il sera endormi, vous viendrez m'ouvrir, vous savez où est la clé, vous la prendrez sous son oreiller. — N'en faites rien! N'en faites rien! — Cette nuit, deux heures. Restez derrière la porte de communication, dans votre petit couloir, afin de m'entendre frapper. »

Un peu après une heure les derniers invités étaient partis, les laquais avaient fermé la villa, les Pandolfini se retiraient dans leurs appartements. Le comte s'était éclipsé depuis un certain temps. Une heure et demie. Deux heures moins un quart. Deux heures moins cinq minutes. Le comte au seuil de sa chambre éclairée regardait la grande salle obscure salie par les restes de la fête. Il montait l'escalier en marbre. Aucun bruit. Il s'avança très aisément dans le grand salon qui avait un tapis. La porte.

Nous sommes devant la porte. Le comte fait un grattement léger sur la porte énorme à deux battants. Le bruit incroyable de ce grattement provoque en lui un état panique de tremblement que seuls ceux qui ont aimé dans le danger pourront comprendre. Le vieux Pandolfini derrière cette porte n'est pas endormi. Ou il se réveille. Rien. Déshonneur, ridicule et suicide sont derrière la porte et attendent. La tentative du comte apparaît d'un côté tout à fait légitime et simple, de

l'autre côté elle est folie pure. Rien. Deuxième grattement un peu plus fort. Il est clair qu'elle entend si elle
est dans le fond de la grande pièce, et même derrière
l'autre porte entrouverte. C'est extraordinaire, remarque le comte, de voir comme l'émotion brise les jambes
quelque ferme que soit la détermination prise. Le comte
Michele se compare à un cheval nerveux, et il se reprend
en mains. Toujours rien. Il redit à voix basse, pour lui
seul, le nom de Paulina. Je l'adore. Je suis fou d'elle
depuis six mois et je n'ai même jamais pu lui parler.
Cette fois il frappe. Être tué devant elle serait romantique
mais très acceptable. Le vieux Pandolfini dans le demi-
sommeil doit être homme à manier le revolver. J'y
consens. D'ailleurs on ne tue plus l'amoureux de sa fille
comme en 1830. Tant pis. Il est curieux de se regarder
commettre la plus belle folie de sa vie. Paulina vaut tout.
Aurais-je deviné en la voyant grandir que je recevrais
d'elle un jour la grâce, le transport du véritable amour?
Sa beauté. Sa noblesse. Il n'y a qu'une vérité et qu'un
devoir pour moi, c'est l'atteindre! Il frappe un second
coup, puis une série de coups plus petits. Rien. Donc le
vieux est endormi, bien endormi. Désormais la moitié
de l'opération est faite : il suffit qu'elle vienne m'ouvrir,
et elle viendra.

Le comte est transporté. Il ne se possède plus. Je perds
toute la vie ou je la gagne! Il frappe encore une suite de
coups. Il a le sentiment que quelque chose s'est produit.
Qu'elle est là. Il n'y a pourtant aucun signe. Pas un bruit.

Elle est sûrement là. La porte les sépare. Ils ne peuvent

parler ni l'un ni l'autre. Paulina de l'autre côté pense : je donnerais ma vie pour qu'il s'en aille.

Le comte frappe un dernier coup. Alors il entend à travers le bois : « J'ai la clé ».

La clé pénètre dans la serrure. En tournant elle fait un épouvantable bruit, c'est celui d'une clé rouillée dont le mouvement est trop lent. Paulina est aussi adroite que possible. Ils sont plus près l'un de l'autre qu'ils ne le seront jamais. Leur amour.

La porte s'ouvre. Lumière. C'est la veilleuse près du crucifix. Paulina est en chemise, ses pieds sont nus, ses cheveux défaits. Plus belle que jamais Michele n'a pu l'imaginer.

Le vieux Pandolfini couché sur le côté les regarde avec sa face adoucie dont les yeux sont fermés; son souffle est régulier, et comme le comte Michele s'avance dans la pièce le dormeur commence à ronfler. Les pas de Michele, sur le pavement nu, font un bruit capable de réveiller une maison entière, craquements, chuintements et chocs, et le vieillard va se dresser sur son lit. Il n'en est rien. Paulina est restée en arrière, montant la garde près de la porte. Elle referme la porte à clé. Elle s'avance vers le lit. Elle replace la clé sous le traversin.

Enfin l'intrus est dans le petit couloir, ils sont sauvés. Paulina est envahie par la joie et l'épouvante. Elle le suit. La porte du couloir se ferme. Mario Giuseppe Pandolfini ronfle.

Dans la chambre de Paulina, éclairée par plusieurs bougies, le comte Michele s'arrêta devant le lit en désordre, trembla encore une fois comme lorsqu'il était à la porte du père, mais la joie arrivait en lui comme l'air rentre dans la poitrine de l'asphyxié. Il voulait parler : un mot, un seul! Sa voix refusait de résonner entre ses lèvres. Il demeura debout, très simple, grand enfant épuisé, avec des regards de lumière sortant de son visage mâle. Il avait envie de s'agenouiller et il n'osait pas. D'où son extrême faiblesse. Le moindre geste est comme le moindre son, il pourrait tout briser. Certainement je vais la perdre pour jamais à l'instant même. Elle m'aime puisqu'elle a ouvert, mais elle doit me haïr. « Elle m'aime puisqu'elle a ouvert » est absurde, elle a ouvert parce que je l'y ai forcée en la compromettant. Le comte regardait fixement non pas Paulina, mais un petit autel de piété blanc et or disposé dans la chambre près du lit. Autel, Notre-Seigneur en chromolithographie, il y a quatre chandeliers avec des bougies neuves. Le comte n'était pas religieux. La grandeur de son désir pour la jeune fille devint telle qu'il sourit.

Elle était réfugiée dans l'angle le plus éloigné de la porte et du lit. Il y faisait sombre. Mutisme. Silence. Ses yeux follement noirs fixés devant elle. Son souffle qui fatiguait sa poitrine. Elle avait jeté un cachemire sur ses épaules. Ses regards décidaient de toute une destinée. Elle faisait la balance. Face de l'Amour je te dévisage. Toi celui que j'aime. Est-ce que je sais même son nom? Le danger en commun. Le danger, voilà ce qui la forçait, l'incarcérait! Elle était prisonnière mais lui aussi était prisonnier. Ce n'est pas vrai! ce n'est pas vrai! Il faut choisir. Choisis. Un instant pour choisir. Aimer, ne pas aimer. Je peux le jeter à la porte. Je crie à l'aide, j'appelle Priscilla. Non je me tais. Si je l'aime, on ne me tuera peut-être pas.

Comme il me regarde. Il est beau. Il est jeune. Il faut choisir. Choisir. Je suis enfermée! On abuse de moi, au secours! Tais-toi. Tu l'as voulu. Comment? Mon Dieu, éclaire-moi. Je ne mentirai pas à mon amour. L'amour est la substance de ma vie. Voici l'Amour que j'attendais. L'amour est devant moi. Choisis. Choisis.

Elle hurlait sans bruit.

« Michele. » Elle dit le nom. Ce fut son aveu. Elle
était très pâle, en larmes, elle allait s'évanouir. Il la soutint
par les épaules, chastement, jusqu'à ce qu'elle eût atteint
son lit. Elle se coucha. La tête enfouie dans l'oreiller,
couverte par ses cheveux, elle disait « comment avez-vous
fait... pourquoi... vous avez osé... si vous m'aimez... »
Lui assis sur le lit au bout, il avait repris possession de lui-
même, il embrassait la jeune main qui s'abandonnait de
mille manières. « La surveillance autour de vous... C'était
intolérable. Jamais je n'aurais pu vous dire... vous
déclarer mon sentiment, ma passion... Et mon amour
vous le connaissiez depuis longtemps. » Ils discutèrent
jusqu'à l'aube, à voix basse. Mais ils s'aimaient.

Le petit autel se trouvait dans une sorte d'alcôve
fermant par deux portes. « Vous irez là. » Elle l'y mit
quand vint le jour. Le comte s'assit dans l'alcôve fermée
et s'assoupit un instant. A onze heures la chambre avait
été faite par les domestiques, et il y avait beau temps que
le signor Mario Giuseppe Pandolfini était parti pour
l'une de ses fermes. Le comte averti par mademoiselle

Priscilla reprit le chemin de la nuit en sens inverse, et parvenu dans le grand salon s'y arrêta. Il s'assit dans un fauteuil et prit un livre. Paulina avait déjà quitté la villa en compagnie de la chère Monica Dadi.

La nuit suivante tout recommençait de la même manière sans incident. Le comte déjà très assuré traversa la chambre du père avec aisance. Pandolfini était d'ailleurs tourné de l'autre côté.

Paulina ne songeait plus à lutter contre le sentiment formidable qui la faisait chanceler de désir et de crainte. Le comte qui l'avait revue au déjeuner de midi, qui avait parfaitement tué tous ses regards, se trouvait dans un état de joie somnambulique. Tous les deux ils avaient couru vers la prochaine nuit. Ils ne pensaient rien. Ils étaient possédés.

Michele parvenu dans le petit couloir y demeura seul un instant, car ce soir-là Paulina était restée habillée, et elle l'avait prié d' « attendre ».

Aucun bruit dans l'univers bienheureux complice. Ce petit rais de lumière sous la porte venait de sa veilleuse. Alors le comte entendit à travers la porte une vieille *canzone* de Naples. Il entra.

Paulina souffla la veilleuse. Elle dit : tirez le verrou de la porte. Sous la lune, le visage privé de couleur, elle était étendue pareille à une statue d'Égypte.

Le comte s'approchait, ôtait ses vêtements, tout était parfaitement simple entre eux. Il baisait ses pieds et ses mains, n'osant pas encore l'atteindre elle, son visage. Et légèrement, légèrement il découvrit le jeune corps. Puis il s'agenouilla et parut prier. O mondes splendides. La respiration de Paulina était suspendue. Mondes miraculeux, tièdes et vierges. Michele voyait Paulina l'objet charnel de l'amour. Il voyait Paulina avec cette unique première vision du corps et aussi de l'âme, du corps animé, qui ne s'effacera plus jamais et même pas dans l'au-delà de la mort. Paulina vivante et aimante sans pudeur mais absolument réservée et mystérieuse. Des voix anciennes, des voix sauvages, des voix de bêtes et d'anges la saluaient. La joie fait passer des brumes chaudes devant les yeux de l'homme, il regarde pourtant, il regarde de toutes ses forces; la jeune fille a des seins petits et parfaitement dressés, presque sans pointes; la taille longue et grasse, les hanches abondantes, son duvet luisant de lumière noire.

Gravement, avec la douceur et la force d'un ange, il l'aimait. Elle inanimée flottait comme Ophélie dans des eaux lointaines. La voix qui les réveilla, après le jugement, leur dit qu'à partir de cette nuit ils étaient scellés l'un à l'autre dans la foi, la volupté et la détresse.

Pendant des heures, presque toute la journée qui suivait, Paulina émerveillée croyait sentir son amant demeuré
en elle. C'était un sentiment si étrange, si réel et d'une
force si extraordinaire que le monde en était troublé, et
dans cet état de femme elle restait allongée sur l'herbe
au soleil, occupée par la peur et la joie et la crainte qu'il
ne se retirât. Quand il s'en allait elle se retrouvait seule
meurtrie et triste, les larmes lui venaient car l'horreur
de sa situation apparaissait. Le lendemain, de nouveau
investie, elle demeurait couchée autour de ce plaisir si
singulier qu'elle éprouvait au centre de son corps, elle
rentrait dans l'absolu bonheur près de la terre, du lac
et des arbres. Je serai éternellement heureuse. L'effusion
de douceur la baignait. Déesse calme et endormie elle
respirait. Le vent passait, avec la chaleur, le doigt noir
du cadran solaire tournait sur le mur de la villa. Parfois
les nuages se préparaient, l'orage déchirait le ciel. Paulina,
sous les premières gouttes de la pluie, sentait encore
Michele qui l'accompagnait quand elle courait. O mystère de Paulina, nul être ne l'apercevait, et cependant

toutes les choses et tous les êtres se trouvaient modifiés par ce seul mystère de la vie. Tout s'appuyait mieux, se prolongeait, se ramifiait, et enfin il se produisait un état panique de tout ce qui existe, un état qui était vraiment l'état de Dieu. Oui, car elle ne pouvait séparer Dieu principe de toutes choses d'avec son amour lumière intérieure de toutes choses; la pureté du baiser qu'elle donnait était la pureté de la croyance qu'elle tournait vers Dieu.

Paulina dans le bonheur entourait d'un brouillard clair Torano, le beau temps d'été, la chambre où le comte Michele se glissait au péril de sa vie, les mouvements les plus passionnés de son amant, la volupté et sa foi religieuse; et dans ce même brouillard elle plaçait les figures de ceux qui menaçaient le plus son bonheur : son père outragé (elle prenait la clé sous sa tête), Cirillo qu'il fallait redouter, qui la tuerait peut-être un jour, la bonne madame Lanciani trompée de même que Monica et le saint père Bubbo. Tout dans le brouillard subissait une purification. Tout se terminerait bien et deviendrait harmonie puisque le cœur de Paulina était harmonie.

La sensation d'être toujours prise et occupée par la puissance de l'homme conféra pendant ces premières journées une gravité admirable à ses mouvements et à ses pensées. La rumination prolongeait les bonheurs de la nuit, chaque fois de manière différente, car les nuits changeaient de caractère et la passion se trouvait sans cesse déplacée. Des Puissances. Des Mystères. Des Mystères. Comment ils s'approchaient l'un de l'autre et comment ils se quittaient. Le visage si bon et si fort du maître. Ce qu'il faisait et ce qu'elle faisait, ce qu'il demandait et ce qu'elle donnait, même ce qu'elle commençait à demander. La nudité, les odeurs, les formes. Et à la fin il y avait la louange que l'homme chante en l'honneur de sa femme, mais cette louange elle l'entendait dans la brume, car ses oreilles tintaient, elle avait le vertige, elle sombrait dans l'infinie douceur.

Il lui semblait qu'elle fût devenue pure comme auparavant elle ne pouvait pas l'être; car toutes les choses
secrètes qui l'avaient troublée et étonnée dans certains
moments de son passé, elle les apercevait aujourd'hui
au grand jour et recevant leur résolution naturelle.
Paulina qui avait lu Jean-Jacques Rousseau sentait avec
son corps ou mieux avec tout son être combien l'homme
naturel est bon. Et Paulina charmée par ces découvertes,
par des pensées tellement imprévues pour elle, oubliait
de regarder vraiment le comte dont le visage était si
terriblement proche du sien, elle négligeait de comprendre un homme qui traversait la plus grande crise de sa
vie, elle ne voyait pas le débat, elle ne comprenait que
soi-même.

Pendant le jour ils ne se voyaient presque pas. Paulina ne pouvait supporter l'échange de deux regards indifférents. Comme son vrai regard l'eût perdue, elle fuyait. Elle était capable de toutes les ruses pour préserver d'un accident les rendez-vous de la nuit et tromper les soupçons qui peut-être allaient prendre naissance. Elle se fût entièrement trahie plutôt que de lui parler sur un ton de convention, parce que cette ruse-là les englobant ensemble devant les autres eût répandu la honte dans leurs deux cœurs. Ils étaient donc bien faibles; mais Paulina voulait tout ou rien. Cirillo se demandait d'où venait l'aversion que le comte et Paulina avaient l'un pour l'autre.

Mario Giuseppe Pandolfini était à mille lieues de supposer le mal dans sa famille. Il se sentait en humeur agréable. Les Dadi étaient partis, Mme Dadi, cette petite perruche, ayant embrassé Paulina avec des effusions exagérées, mais le comte Michele restait par bonheur. Mario Giuseppe Pandolfini se félicitait de cette circonstance et songeait avec plaisir que le comte Michele, l'un des hommes les plus représentatifs de la jeune Italie à Milan, paraissait se plaire dans sa villa. D'ailleurs l'année était excellente : le temps était au beau fixe sans être trop chaud, de sorte que Pandolfini n'était pas trop essoufflé, la vigne s'annonçait belle, le bétail avait augmenté d'un cinquième, et ces derniers jours la paupière paresseuse semblait vouloir remonter un petit peu. Depuis son retour d'Amérique, songeait Pandolfini, il y a de ça onze ans, le comte Michele n'est pas venu plus de quatre fois à Torano. Et cette fois-ci il va finir l'été avec nous. C'est un homme remarquable, remarquable en tous points. Un brillant causeur et une intelligence éminente, enfin un homme très fort. Pandolfini aimait

« la force ». On le dit savant, et je le crois volontiers. Bartolomeo prétend qu'il a publié plusieurs livres sous le nom de son oncle, Falcone, qui fut mon tuteur. Il faudra que je cherche à me les procurer. En tous les cas, sa nomination de sénateur ne saurait tarder. Voilà les hommes qu'il faut à la nation enfin délivrée de ces imbéciles de *Tedeschi*. Il est probablement franc-maçon. Cela m'est égal. Dieu reconnaîtra les siens. En définitive, un homme très fort.

32

Une nuit ils manquèrent d'être surpris. Le signor Pandolfini fut indisposé après son repas. A minuit cinq, Paulina pieds nus surgissait dans sa chambre, ayant perdu l'habitude des précautions. Pandolfini fut très étonné; sa fille était en chemise, avec un châle de soie, elle avait du fard sur les joues comme pour une soirée dansante, et par Dieu! où allait-elle? Paulina jura avoir entendu son père l'appeler. Pandolfini répondit en demandant la raison de ce costume. Pour mon plaisir, dit brièvement Paulina. Pandolfini entendant ces mots « brûla » à deux doigts de toucher le secret comme lorsqu'on a les yeux bandés et que l'on joue *a mosca cieca*. Mais sa fille s'empressait autour de lui avec tant de diligence qu'il se fit soigner, et oublia de se préoccuper du reste. Fort heureusement Michele ne frappait plus jamais à la porte. Ce détail les sauva. Paulina n'eut qu'à parler à voix haute et claire. L'amant comprit et regagna sa chambre.

Désespoir des deux côtés.

Mille projets confus et récriminations douloureuses s'emparèrent de l'esprit de Michele. Comment résoudre le problème de leur vie, par quelle ruse? par quelle violence? Paulina recouchée se lamentait de désir et de honte. C'était comme si jusque-là les amants avaient dormi, un petit rien, un incident vulgaire les ramenait à « la réalité ». Cette nuit-là pour la première fois ils connurent toute leur misère. Michele se débattait contre le sentiment de sa responsabilité. — Non, le remords est indigne de moi et d'elle. Ce que je fais, ce que j'ai fait et ce que je ferai sont justes, vrais et absolus parce qu'ils proviennent de ce que j'aime; il en sera ainsi tant que j'aimerai d'un amour tellement absolu que ma vie dans cet amour n'a plus aucune importance. Notre monde est à nous, tous les autres sont à l'extérieur et ne peuvent ni connaître ni avoir autorité. Le comte, jusqu'alors, était un esprit raisonnable.

Un enlèvement? Il y songeait, non, impossible. C'est vis-à-vis de son amour que Michele se sentait des devoirs. Alors comment faire à Milan, dans un mois?

Elle Paulina se jetait dans le jardin aux premières heures de la matinée, l'âme en peine, tout son corps triste. Elle lui avait écrit son premier billet : « Il faut faire grande attention. Pas demain ni après-demain. Je languis de vous. On se méfie. Je suis à vos pieds. Soyez où vous savez jeudi mais seulement à trois heures du matin. C'est plutôt mon baiser que je voulais t'envoyer.

Je n'ai plus d'espoir. Pardonnez-moi. » — et Priscilla devait remettre le petit papier plié en huit. Elle courait au dehors. Atroce lumière. Son. Cloches. La volée des cloches était lancée dans l'air méchant par le campanile tout près. La fureur douloureuse de Paulina la fit sortir de la cour, traverser le jardin; dans sa large jupe plissée et son corsage échancré bordé de dentelles qui laissait voir ses bras nus, Paulina se sentait honteuse. Elle courait, elle courait vers la pente des cyprès. Peut-être y serait-il. Il y était, il lui faisait signe, tout allait s'accomplir cette fois, elle partirait avec lui. Gaîté du matin à vingt ans je te reconnais, mais moi j'ai reçu le sacrement de l'amour et de la douleur! La cipressaia vide à perte de vue reposait dans un jour éclatant qui la visitait entièrement, jusqu'à la surface noire du lac métallique, remué par de courtes vagues.

Horreur, Paulina chancela. Tout fut terminé, achevé, perdu. Rien. Elle seule. La vérité l'accabla. Rien. Sa folie, et rien d'autre. Sa maladie. Une voix intérieure s'anima, fit entendre un ricanement et dit des méchancetés. Une minute passa, pendant laquelle Paulina tenait les mains sur sa poitrine où son cœur faisait un bruit infernal. Fuir à Milan ce matin même. Retrouver aujourd'hui le père Bubbo. Avouer, se confesser, communier demain et ensuite une longue, très longue pénitence. Pour qu'il me laisse partir, je me jetterai aux pieds de mon père... Mais le vent des passions tournait, une rafale autrement violente s'avançait de l'autre côté, Paulina gémit, tomba à genoux puis assise sur l'herbe, plus humble qu'une bête sous le noir soleil, elle connaissait un nouveau sentiment terrible, c'était le besoin de l'homme absent. Les arbres, son cœur, le soleil avaient soif, soif, soif, elle ouvrait les lèvres, lui seulement lui, soif et soif de lui.

1870-1876

« Très Sainte Vierge, Mère de Dieu, vous pleine de
grâce, je vous prie de jeter un regard sur moi qui suis
pleine de péché et de misère, je vous demande d'intercéder auprès de Votre Fils Jésus Adorable pour la grande
faute que je commets, pour la vie impure qui se poursuit
en moi et hors de moi avec mon consentement. Comme
il n'y a rien d'aussi pur que Vous, Vous êtes toujours
présente à mes yeux malheureux; je suis faible, je suis
pleine de désirs, je suis mortelle, ô Très Sainte Vierge
Marie qui avez vu le supplice de Dieu Votre Fils et qui
l'avez porté mort dans vos bras sans une plainte; je sais
toute l'abomination de ma faute qui crucifie une nouvelle fois le Sauveur, il m'est impossible d'en sortir sans
Votre aide et Votre intercession auprès de Notre-Seigneur Jésus-Christ. Amen. »

Depuis des mois Paulina récitait ces prières directes qu'elle trouvait en elle-même, qui jaillissaient de ses lèvres à haute voix. Ces prières n'étaient inscrites dans aucun livre, Paulina les inventait, les composait avec les circonstances de sa souffrance, la peine ou les plaisirs de la journée. Le péché qu'elle présentait à la Sainte Mère de Dieu n'était-il pas *son* péché, unique par sa nature, par le fait que Paulina l'avait commis, et par les conditions dans lesquelles l'existence de ce péché se poursuivait? Aucune des prières que l'on récitait ordinairement ne pouvait la satisfaire ainsi, et la laisser plus douce, les larmes aux yeux.

Milan, pendant l'hiver 1871. Torano s'était éloigné comme un songe de soleil et d'enfance. Ce qui leur restait depuis une année était la caricature d'une vie heureuse, une liaison clandestine, et ils se seraient fait tuer plutôt que d'en abandonner la moindre parcelle. Le merveilleux était qu'ils eussent pu passer à travers tant d'écueils.

La vie sociale de la maison Pandolfini se poursuivait avec un peu plus de lourdeur. Mario Giuseppe Pandolfini voyait l'âge prendre rapidement de l'empire sur sa robuste personne. A la suite du trouble dans le mouvement de sa paupière, certaines impulsions nerveuses des jambes avaient commencé, qui le gênaient pour la marche. Son intelligence était, grâce à Dieu, toujours vive. Aussi toute son attention se portait-elle sur le problème d'établir sa fille, dont la fortune croissait d'année en année, l'héritière des Pandolfini, la plus belle jeunesse de Milan, qu'il n'allait point laisser derrière lui exposée à devenir la maîtresse d'un prélat quelconque! Pandolfini, sur le tard, accusait les prêtres, mais il n'osait crier trop haut de peur de passer pour franc-maçon. Sa fille tombait dans une religiosité qui lui faisait mal au cœur, Pandolfini était furieux, et les refus qu'elle opposait à tous les partis l'affectaient tellement qu'il en perdait le boire et le manger. Mais il ne la forcerait jamais. Il l'aimait trop.

Par bonheur le vieux Pandolfini ne s'entendait plus avec son Cirillo. Celui-ci pouvait dire tout le mal possible sur le caractère de sa sœur « une impudente, une égoïste et une vaniteuse », le vieux n'entendait pas. Cirillo ne venait plus qu'à de rares intervalles, tant les scènes avaient été vives au cours du dernier hiver. A plusieurs reprises Paulina s'était interposée. « Vous êtes trop bonne pour lui, disait Pandolfini, il ne vous le rend pas. Si je lui pardonne, c'est pour l'amour de vous. »

Heureusement aussi le comte Michele Cantarini venait, une fois la semaine environ, parler avec Pandolfini d'agriculture et de politique. Mario Giuseppe lui confiait les inquiétudes que lui donnait le caractère de sa fille. Le comte émettait des avis fort conciliants.

Quand le comte Michele avait traité les affaires qui l'amenaient et présenté ses hommages au propriétaire de Torano toujours bon et paternel pour lui, il s'arrangeait pour partir seul en familier de la maison. « Pardonnez-moi mon cher comte, disait Mario Giuseppe, si je ne vous reconduis pas. » Il descendait l'escalier principal et longeait les couloirs. Près de la cour l'attendait Priscilla faisant le guet, qui par un escalier de service dont elle avait la clé, l'introduisait dans la chambre de Mademoi-selle. Il s'y cachait comme à Torano. Paulina le trouvait le soir dans cette situation un peu humiliée, mais leur amour n'en était que plus farouche après qu'on les eût enfermés ensemble selon l'usage. Avant l'aube, par le même escalier de service, Priscilla faisait sortir le comte de la maison. Paulina pleurait. Cette Priscilla agissait le plus naturellement du monde, elle avait plaisir à s'entremettre et elle adorait Mademoiselle dans le malheur; au surplus, elle était pleine de vertus et très religieuse.

Deux ans. Deux ans depuis le départ de Torano,
24 octobre 1869. Michele. Tout cela. Baise-main dans
la cour des lions, adieu! Quelle douce crainte, il croyait
que j'allais avoir un enfant. Moi je l'espérais, il faisait
bleu, la montagne du Pozzo était belle. Mes cheveux au
vent, j'étais certaine de triompher. Qui me vaincra?
Même pas toi, grand Michele splendide, mon amoureux
secret! Je le voyais de loin. Tais-toi, c'est fini, nous
partons. Les chevelures de la vigne rousse. Dans l'eau.
Le bateau. Le sillage. Il est seul. Je suis seule. C'était
triste. Jamais plus! jamais plus! dire que jamais plus je ne
retournerai à Torano.

Sa tête abîmée dans ses mains, sur le bord de la fenêtre,
devant la ville poussiéreuse et boueuse en automne.
Paulina s'abandonnait; et dans sa pensée deux voix
égales, alternantes, qui jamais ne se rencontraient, se
faisaient entendre à tour de rôle. Ces voix étaient
contraires mais non pas ennemies. Un pacte les liait
entre elles dans la profondeur de Paulina. L'une repre-

nait quelques fragments de prières et s'humiliait, avec l'espoir d'être entendue de Dieu. L'autre glissant de souvenir en souvenir, racontait une histoire voluptueuse; et Paulina soupirait de sentir qu'elle avait, malgré tout, le bonheur.

38

Quand Paulina dans sa plus grande beauté et follement amoureuse était revenue de Torano, elle avait
couru un soir d'octobre chez le père Bubbo et s'était
jetée à ses pieds au milieu de sa cellule. Était-ce un besoin
de s'humilier et de souffrir, était-ce la crainte de l'enfer,
était-ce la détresse qui la ramenait? Fallait-il voir plutôt
derrière ce mouvement le doigt du Seigneur qui continue
de guider la pécheresse même quand celle-ci est entièrement livrée à sa faute? Le vieux Bubbo, moitié religieux
moitié philosophe, n'avait pas besoin d'en entendre
beaucoup pour pressentir le « péché de chair », mais il
avait gracieusement relevé la fille de son cœur et n'avait
accepté de l'écouter que sous les formes sacrées de la
confession. Tandis que Paulina déclarait l'énorme péché
de l'amour, sa passion pour un homme marié dont elle
taisait le nom, ses œuvres de volupté, la voix du dominicain marmottant sa prière était restée parfaitement
égale et douce, mais Paulina aurait pu voir, n'était
l'obscurité du confessionnal, ses bons yeux devenir
humides.

Cette fois l'enfant charmante avait bien péché et une âme se trouvait en grand danger. Bubbo avait imposé une dure pénitence et refusé l'accès à la Sainte Table. Un peu plus tard il sollicitait le repentir, il exigeait que Paulina rompît le lien coupable : en vain. Paulina voulait ardemment revenir à Dieu; mais elle ne pouvait, elle ne pouvait rien renoncer de sa passion qui la possédait avec une égale ardeur. Le père Bubbo connaissait cette âme, cette nature, et ce feu. Il refusait toujours l'absolution. « Le premier acte envers Dieu, ma fille, est de lui prouver ta bonne volonté d'expiation. Il ne saurait y avoir expiation tant que tu donneras ton adhésion au péché en le renouvelant. — Mon Père, cela est impossible. Mon Père, cela est impossible. — La passion la plus forte, le désir de la chair le plus impatient peuvent être détournés pas la contemplation de la figure parfaite du Sauveur. Prie et Son aide se manifestera en toi par l'apparition d'une force imprévue, d'une sorte de douleur bienheureuse qui opérera le détachement. Tu dois entreprendre contre toi-même, ma fille, une lutte impitoyable, une guerre qui détruira beaucoup de choses mais au bout de laquelle tu te trouveras de nouveau comme le lys des champs. C'est par la prière, la prière que la guerre doit commencer. Sois patiente. Et je te dis que Dieu oubliera complètement ta faute dès que toi tu l'auras quittée. »

Elle répondait encore et toujours : Mon Père, cela est impossible. Ils passèrent ainsi l'hiver l'un devant l'autre. Le vieux père dominicain méditait profondément sur le cas de conscience. Après quelques mois son attitude changea.

Au degré des choses humaines, il craignait pour la santé morale et le salut de celle qu'il chérissait entre toutes comme si c'eût été sa propre enfant; mais aussi la pensée du Père se modifiait sur le plan spirituel et la force la plus hardie, la plus croyante de son esprit lui conseillait de tenter une expérience peut-être dangereuse. Je crois au miracle, concluait-il. Pour donner au miracle le maximum de possibilité, pour le solliciter doucement (car c'est ainsi, infirmes, que nous devons nous adresser à la Grâce divine) il faut placer l'âme dans sa pureté la plus grande, lui accorder le droit d'avoir la vie religieuse la plus intense en dehors de la partie peccable et par-dessus cette partie peccable, lui permettre enfin de recevoir le Sacrement de l'Eucharistie qui porte en lui-même une vertu sanctifiante. Je prends sur ma conscience, devant

Dieu, mon enfant, dit-il à Paulina, de te donner accès à la Sainte Table, dans la conviction où je suis que seul peut te sauver le miracle de Dieu, et espérant qu'Il voudra se manifester à toi. Paulina rentra dans le sein de l'Église étant l'amante de Michele.

Il se fait dans son cœur une détente, elle ne sait pourquoi. La sentence du père Bubbo la menace pourtant des peines éternelles, et quand elle laisse aller ses idées vers cette région de ténébreux rêves, elle a horreur, horreur de la mort, horreur de la décomposition, horreur de l'enfer. Bientôt elle peut détourner ces rêves et une amélioration se produit. Son péché s'atténue, elle n'en souffre plus autant. Paulina commence à penser, à sentir de manière double, elle devient deux êtres, l'un du jour et l'autre de la nuit. Ces deux êtres composent pourtant ensemble une seule Paulina plus tendre et plus profonde. Il est seulement entendu et fixé quelque part, écrit dans un livre, que d'une façon générale Paulina a une dette grave vis-à-vis de Dieu, et cette dette ne saurait être éteinte que si Paulina fait preuve d'un zèle tout à fait exceptionnel.

Le comte Michele Cantarini ne livrait pas facilement le secret de la nature élevée, violente, impatiente qui était la sienne. Une année durant, Paulina s'était aimée elle-même dans la personne de Michele; à présent Michele lui apparaissait en vérité.

Il était né de famille patricienne à Gênes, orphelin dès l'enfance il avait été fort mal éduqué au Collège de Turin, il était parti pour la France, l'Angleterre et l'Allemagne, menant partout une vie de plaisirs et de divertissements intellectuels jusqu'au jour où, en Amérique, il avait éprouvé le désir de travailler; il était revenu à Milan, et avec une passion de connaissance devenue essentielle à sa vie il avait recommencé toutes ses études, vérifié toutes ses expériences; à trente-six ans il avait créé sa bibliothèque, brisé avec les facilités que lui donnait sa fortune, il devenait poète, philosophe et érudit. Pour se distraire d'une vie très chaste il avait courtisé la politique, elle lui souriait. Une seule bêtise : il s'était marié en 1863. La comtesse Zina qu'il avait épousée à Pavie se montrait bientôt de nature acariâtre et même maladive; deux ans plus tard elle entrait dans un état mélancolique qui maintenant tournait au délire. Les médecins la jugeaient incurable. Son délire niait la réalité, le monde et elle-même; à partir de 1869 le comte Michele ne supporta plus la vue de sa femme, et il la fit soigner à Pavie.

Paulina Pandolfini fut l'éclair dans le ciel plutôt sombre.

Il l'avait regardée grandir avec indifférence; au bal Lanciani s'était produit un premier grondement lointain; à Torano ç'avait été le coup de tonnerre. Je me suis trouvé tout à coup un Don Juan qui force de nuit la porte d'une jeune fille. Cette jeune fille étroitement gardée par des parents dont j'avais l'amitié et la confiance. Bien. Mais aussi c'était Paulina ma sœur de passion et ma pareille. J'accepte mon acte. Ce sera sans doute le plus beau de ma vie. J'avais trop oublié qu'il faut encourir le danger. Dans ses bras je touche à mon bonheur le plus désintéressé, le plus angélique. Tout me sera pardonné pour la qualité de ce bonheur. Le comte apercevait les raisons qui l'avaient amené à cet amour, raisons de sa destinée même. La longue course qu'il avait fournie c'était pour aboutir à elle. Il fallait qu'il fût prêt afin de subir sous la main de Paulina sa grande métamorphose, après laquelle il avait aperçu le nouveau but. Voilà pourquoi, un soir, j'arrivai devant la porte de son père : c'est en ignorant ce que nous faisons, et pourquoi nous le faisons, que nous avançons à pas sûrs vers celui que nous devons être. La nécessité de notre amour est aussi belle que sa qualité intérieure.

Dans le feu de cette grâce, Michele Cantarini avait commencé d'écrire ses tragédies, ces œuvres étrangement passionnées par-delà toute *debolezza* morale ou idéaliste, qui placeraient la plus belle chose de ce monde, l'ardeur, sous le jour net et cruel de l'esprit. On se disait à Milan que le Cantarini allait rivaliser avec l'Alfieri. Paulina avait déjà connaissance du sujet de *L'Ombra*, elle en était émerveillée, elle naissait au sentiment de la poésie. Or c'était elle qui enfantait la poésie.

Tel était le comte Michele devant Paulina. Et qu'était-il vraiment devant lui-même? Un homme sincèrement épris de grandeur, de justice et de toutes les idées de progrès, de morale et de perfectionnement individuel qui avaient cours à son époque; apercevant avec force quelque chose, mais ne distinguant pas très bien; sûr de soi et en somme très vaniteux. Et qu'était-il à l'insu de lui-même? Le ressort central manquait, l'intelligence n'avait pas une once de la folie nécessaire. C'était un esprit irréligieux qui rusait avec le mystère et la mort, qui prétendait contempler la tragédie de l'existence et toujours venait ajouter à la fin un beau revêtement d'idéalisme pour aider l'humanité à vivre. Il ne croyait, disait-il, qu'aux valeurs audacieuses créées par une élite de fermes esprits, et ses actions extérieures comme ses réactions morales étaient généralement en conformité avec le monde milanais de 1872. C'était un homme de paille, mais de belle qualité : prompt à brûler avec beaucoup d'étincelles.

Paulina l'avait entraîné plus loin qu'il ne pouvait

aller. Ils en étaient là tous deux, lancés dans une mystérieuse région et cherchant à comprendre des énigmes.
Le comte Michele était un honnête homme, il aimait
d'un grand amour, il marchait courageusement — dans
la direction où la vie le conduisait. Car bien entendu il
adorait la Vie.

— Vous ne croyez pas en Dieu, Michele.

Dévêtue elle appuyait sa tête sur l'épaule de son ami, belle comme une grande nymphe mélancolique. Que lui manque-t-il, songeait le comte, quelle hardiesse lui fait défaut — pour être entièrement ce qu'elle est, une créature amoureuse et sensuelle? Ce serait beaucoup mieux, se disait-il. Oui, mais sa religion l'empêche de se connaître.

— Vous ne croyez pas en Dieu. — Elle répétait avec la tendresse grondeuse d'une mère pour son enfant fautif.

Le comte Michele répondait sur le grave sujet.

— Je demeure au contraire tourné vers lui, chère Paulina, mais je ne l'imagine pas comme vous. Le catholicisme est une religion de vieilles femmes. En ce siècle, Dieu s'est pour ainsi dire élargi, il a quitté la terre et les humains; ou plutôt nous avons donné à Dieu des possibilités infinies. « Et quand l'humanité ne sera plus, Dieu sera » comme dit un penseur français, M. Renan.

— Et qui vous sauvera, Michele?

— Voilà justement l'idée qui m'inquiète en votre esprit. Ma chère Paulina. Vous qui avez répondu à un amour essentiellement fou, c'est-à-dire divin, par un amour de même nature, vous qui avez porté le défi au danger et à la douleur quand vous vous êtes donnée à moi, n'êtes-vous pas entièrement au-delà de ce qu'on est convenu d'appeler *la faute?* Non Paulina, la faute n'est pas en nous. Qu'elle accable des âmes plus faibles que les nôtres! Je m'inquiète de voir ton esprit tout en feu d'un côté, et en cendre de l'autre. Sais-tu bien quel est mon ennemi dans ce cœur qui m'aime? Le péché.

— Ne parle pas ainsi, Michele, je suis plus calme et plus tranquille. Et qu'est-ce qui pourrait être ton ennemi? Mais ce qui m'a sauvée, c'est la foi, la foi, la foi! — Oh tu sais, tu m'es plus cher que tout ce qui existe à mes yeux dans le monde, et que moi-même, tu le sais, j'aimerais me tuer pour toi! Mais aujourd'hui je crois vraiment que Dieu m'a envoyée à ton amour, t'a apporté à mon amour, que Dieu veut notre amour. Autrement tout cela serait horreur et néant! C'est pourquoi il faut que je reste avec Dieu. Je prierai tant qu'il m'acceptera, bien que pécheresse misérable. Et peut-être un jour voudra-t-il t'éclairer aussi.

— Paulina, Paulina, je voudrais délivrer ton esprit d'un fantôme qui nous fera beaucoup de mal.

— N'essaie point, n'essaie point. Et je t'appartiens pour toujours.

— Souvent je songe : est-ce que je comprends bien cette petite âme sauvage? Tu es une sauvage. Quel bien puis-je lui faire? Que lui ai-je donné qui fût bon pour elle? — Le comte prenait sa tête entre les mains. — Que cherches-tu? Où est-il ton domaine, le lieu de la vie de Paulina? Où vas-tu? Tu cours avec violence au but, mais quel est le but? Ces questions et beaucoup d'autres m'enlèvent souvent le sommeil.

Elle dit tout bas : tu caresses ma vie, tu lui donnes son sens, tu l'entoures de bonheur.

— Je suis un esprit de mon époque, j'aime la terre et la vie, et je me sens lourd à côté de toi. Cependant où est mon erreur? Je cherche à comprendre les hommes et à juger les choses selon l'expérience. Non, je ne me plains pas. J'ai attendu plus de vingt ans refoulant mille désirs de puissance et d'aventure que rien ne pouvait satisfaire, jusqu'au jour où tu es venue pour me donner tout ce que j'adore : l'amour, la beauté et le risque. Je suis un homme heureux. Maintenant je sais ce que la vie peut accorder à un voyageur intrépide. Les grandes heures vécues, je les ai. Je puis mourir ce soir. — Mais ton âme, Paulina, ton âme est une enfant, elle reste une enfant sauvage et j'en ai peur. Elle ne sait rien et sa science m'effraie. C'est une créature magique que j'essaie de captiver, afin de te sauver peut-être et de me sauver aussi. En vain! Elle n'est pas avec ton corps que je vois, pas avec toi qui me parles, elle ne s'approche pas de nous, elle rêve et les périls sont autour d'elle. Paulina —

Le comte s'arrêta net.

Paulina dans un sombre baiser répondait : Tu m'as tout dit.

Une autre fois, après une conversation à peu près semblable, il voulut aller jusqu'au bout. Cette existence clandestine, lui dit-il, excède vos forces, je le sais, ne le niez pas. Devons-nous la faire durer un jour de plus? — Elle doit durer. Elle durera. — Je passe outre, malgré la promesse que je vous avais faite de n'en plus parler : Paulina, nous pouvons avoir à l'étranger, à Paris si vous voulez, une vie claire et franche qui soit digne de vous. Est-ce que vous consentez? J'abandonne tout. — Plus un mot, Michele. Ici est le devoir, ici est donc la vie. Votre travail est ici, ma famille, et ma religion. Je suis déjà bien assez coupable. Je n'aurais point le courage de fuir pour réaliser ce que j'ai de plus cher au monde. Ayons patience, Michele, et confiance en Dieu. Dieu, je te le dis, a permis que je t'aime. Il n'y a qu'à obéir.

Robe noire. Il y a six mois qu'il est mort. Je n'y suis
pas habituée. Comme la mort se produit en peu de temps.
Mai 1873 à Mirabello. Il était là-bas quand on l'a ramené
sans connaissance, tombé sur un champ. En somme je n'ai
rien connu de plus. Je n'étais pas présente pour recevoir
le dernier soupir. J'arrivai à cinq heures, c'était fini.
Et quand il m'a quittée deux jours avant, n'ai-je pas été
heureuse de le voir s'éloigner? O horrible vie. C'est
tout. Je suis libre à présent. Je suis libre quand l'âme de
mon père ne vient pas troubler mon cœur. La vie de
Mario Giuseppe Pandolfini fut exemplaire et sa mort fut
simple, modeste comme sa vie. Je suis seule dans la
maison de Milan. Mais à Torano je ne retournerai plus.
Je suis libre. Je suis libre. O épouvantable liberté. Mon
bon père, quelle épouvantable liberté!

45

Insensiblement se produisait le choc; ce fait inintelligible, la mort de Mario Giuseppe Pandolfini, ouvrait peu à peu les portes de la cave où se tenait le Péché. J'ai trompé mon père. Ma tromperie fut consciente, renouvelée, ce fut la faute la plus grave et la plus endurcie contre le devoir d'obéissance. Ma tromperie a porté atteinte à l'honneur de mon père. Mon père m'a toujours conservé sa confiance et son affection. Moi il ne me reste plus à suivre que la voie ouverte par la tromperie. Les circonstances de tant et tant de rendez-vous nocturnes permettaient d'évaluer le degré de bassesse de la faute commise et qui n'avait pas été avouée en détail au confesseur.

La première de toutes les nuits : elle prenant la clé sous la tête du père endormi; ouvrant la porte à celui qui ravira au père son honneur.

Ce tableau prenait des proportions et une couleur de cauchemar, il s'installait à une place fixe dans son esprit. Elle voulait le chasser, le dissiper, il revenait avec une netteté de plus en plus cruelle. Elle le détestait et l'aimait.

Elle eût voulu le revivre, ou mourir parce qu'elle l'avait vécu.

La première faute devenait immense, grossie pour ainsi dire par toutes les fautes semblables qui l'avaient suivie, qui l'avaient renouvelée avec plus de désinvolture, mais surtout le couteau de la mort était intervenu. *Son père était mort ne sachant rien.* Or elle le comprenait à présent, elle n'avait pu faire ce qu'elle avait fait qu'en formulant le vœu intime : un jour mon père saura tout.

Et il était mort.

Il lui semblait que la vie, la vie qui s'enfuit, avait inscrit sur elle : voleuse. Elle aurait voulu rattraper la vie, la supplier de lui laisser son père; non qu'elle aimât d'un amour passionné ce père assez loin d'elle et méfiant, mais parce qu'à tout prix il fallait que l'horrible faute commise envers lui fût effacée, détruite par un aveu complet. Elle était si troublée qu'elle ne songeait pas à prendre appui sur son amour, son amour, cette réalité magique qui devait tout expliquer. D'ailleurs son amour lui eût refusé l'aide. Il se poursuivait autre part, il ne pouvait être touché par aucune injure, aucune angoisse, mais aussi il ne descendrait jamais jusqu'à lutter contre la tristesse du péché. Elle aimait, et elle péchait, non par le même esprit. Ce n'était point en éprouvant la volupté avec Michele qu'elle avait offensé son père. C'était en n'ayant pas sollicité le pardon de son père vivant, pour le mensonge qu'elle avait dû faire afin de parvenir à son amour.

Aussi sa tendresse pour Michele pendant cette crise était-elle plus grande, le désir qu'elle avait de lui plus violent. Il pouvait s'y méprendre, il s'y méprit. Mais il remarquait aussi un redoublement du souci religieux dans le cœur de la jeune femme. Elle communiait presque chaque jour et passait de longues heures devant son image du Mariage Mystique de sainte Catherine.

Les modifications de la vie conduisaient aussi à des attitudes nouvelles. Dès l'été de 1873 Paulina s'était trouvée indépendante dans la grande maison de la Via Borromeo. Les amants se sentaient interdits comme les oiseaux nocturnes à la lumière du jour. L'énergie qu'il leur avait fallu entretenir en eux pour mener jusqu'alors une vie d'intimité clandestine ne trouvait plus son application. Ce qui s'opposait à eux changeait entièrement de forme. Pas plus qu'hier ils ne pouvaient songer à imposer leur liaison au monde de Milan, mais il leur suffisait de trouver une formule adroite et leur existence secrète deviendrait relativement aisée et tranquille. Seul Cirillo se tenait menaçant à sa place de « frère responsable »; vis-à-vis de celui-là Paulina avait son plan.

En attendant, l'ancien mode de vie devenait insupportable. Ils n'auraient plus consenti, lui à se placer dans une alcôve, et elle à l'y trouver pour son coucher.

Hélas, hélas il n'était point permis à Paulina d'ouvrir simplement devant Michele les portes de la maison Pandolfini. Et cela ne serait jamais jamais permis. « Non cher comte, il nous faut poursuivre dans le secret le plus complet. Je ne crains pas l'opinion de ces gens-là, je crains les peines qu'ils nous feraient ressentir. »

Après la mort de Mario Giuseppe elle avait revu ses trois frères réunis pour des questions d'intérêt. On n'avait parlé que des biens, de l'état de la fortune, des mesures à prendre. Elle les détestait ensemble. Les deux cadets étaient repartis, elle l'espérait, pour toujours. Cirillo restait à Milan, il ne cachait point son inimitié pour sa sœur. Ils s'observaient tous deux, ils jouaient à « qui commencera ». L'ombre encore présente de Mario Giuseppe Pandolfini les empêchait de se brouiller trop vite, enfin Paulina attaqua.

Il était possible que Cirillo se fût aperçu de quelque chose, très récemment, mais le traître ne montrait pas son jeu; par deux fois il était tombé sur le comte Michele en visite chez sa sœur; et sans aucun doute il avait fait parler cette pie bavarde de Priscilla. En tous les cas, qu'il fût ou non informé, il importait de l'intimider parce que c'était un lâche. Paulina connaissait et appréciait la lâcheté naturelle de son frère. Elle préviendrait les coups en frappant vivement la première. Elle lui dit :

— Si vous voulez que nous nous entendions le moins

du monde, renoncez à vos anciennes habitudes de surveiller ma personne. Les temps sont bien changés et je ne supporterai plus ni un regard ni une question. J'en dirai même plus : je suis une femme, je dispose de ma vie, de mon cœur, de mes sentiments comme il me plaît. Vous m'avez comprise?

Cirillo fut suffoqué. Pouvait-on concevoir à quel point les Pandolfini avaient été joués par cette impudente? D'ailleurs il rejetait la responsabilité sur feu son père, qui s'était toujours montré d'une odieuse faiblesse, surtout depuis que lui, Cirillo, avait été écarté.

— Vous êtes... Vous osez... Alors que votre père vivait encore dans cette maison il y a six mois! Et vous prétendez avoir le droit de vous conduire comme... enfin comme... Et moi Cirillo je vais vous laisser faire? Vous croyez que j'ai le droit de vous laisser salir notre nom?

Pas une question directe. Il lui suffisait de pouvoir la mépriser. Il s'échauffa, il s'échauffa, il en vint à l'injurier. Il l'appela fille, catin, *sgualdrina!*

Paulina restait calme. Elle le détestait depuis si longtemps.

— Vous allez vivre chez vous, je vous prie, et vous ne paraîtrez ici que le plus rarement possible. Vous me ferez grâce de vos observations et de vos injures. Ce que vous pourrez voir ou apprendre de ma vie ne vous concerne pas, il est impossible que vous en compreniez rien, et *là-dessus vous vous tairez*. Un dernier mot. Je suis une Pandolfini comme vous, j'ai une notion de l'honneur qui vaut bien la vôtre, et je ne vous le cède en rien pour le caractère. Vous voilà prévenu.

Cirillo était pris entre sa colère et sa peur. Elle provoquera l'esclandre et l'histoire s'étalera partout. La Maison Pandolfini sera déshonorée, tandis qu'elle est capable de supporter la risée de toute la ville sans se troubler le moins du monde. Je devrai me battre au pistolet et il m'arrivera malheur. Cette garce-là est maîtresse de la situation.

Un peu plus tard Paulina racontait toute la scène au comte. « Si nous vivions en d'autres temps, il me ferait empoisonner. Cela ne se porte plus, heureusement pour moi. » Elle en riait.

La scène avait amélioré ses rapports avec l'ombre de son père. Car son père était « avec elle » contre ce traître, ce raseur de murailles, ce pharisien dont chacun des sentiments avouait : je suis bas et il ne me déplaît pas de rester bas.

La petite madame Dadi consentit. Son mari était
toujours absent et une partie de leur palazzino était vide.
D'ailleurs n'étaient-ils pas tous deux les intimes de
Paulina? Au bout de quelque temps M. Dadi se trouva
informé mais il affecta de croire que sa femme ne savait
rien. Ils étaient l'un et l'autre très catholiques.

Ils avaient le goût de l'intrigue et le sens du secret.
Quand Paulina arrivait dans le cortile, un laquais l'attendait qui la conduisait auprès de la maîtresse de maison
dans son petit salon empli de poufs et de tableaux. La
signora Dadi embrassait Paulina qu'elle aimait passionnément en vérité, tout comme si Paulina Pandolfini
venait lui faire visite après une longue absence. Bientôt,
avec l'air le plus naturel du monde et toujours sous un
prétexte ou sous un autre, elle la faisait passer dans un
appartement plus petit qu'elle avait meublé en s'efforçant
de découvrir le goût de Paulina, puisque ce devait être
l'appartement de Paulina. Et toujours souriante, légère
comme une plume, Monica Dadi disparaissait, Paulina
était seule.

Ces premiers instants de solitude furent bien vite ceux que chérissait le plus son imagination. La chambre donnait sur un jardin fermé dans lequel un jet d'eau emplissait une grande coupe. En hiver des bûches flambaient, le feu grillait ses jambes jusqu'aux genoux et couvrait son visage d'une ardeur rose qui était vraiment la couleur de Paulina. Enfin Michele entrait. Il avait été introduit dans les appartements de M. Dadi lequel, on le sait, était toujours absent, et il arrivait fort tranquillement.

La vie de ces années-là fut double et partagée. Il y avait son sensuel amour et il y avait Dieu. Elle ne voulait rien renoncer, ni de l'un ni de l'autre.

Elle s'éveillait de bonne heure, sautait à pieds nus sur le carrelage rugueux de sa chambre qu'elle laissait dans la poussière et sans entretien; elle se lavait en un cabinet obscur et très froid l'hiver. Peu couverte elle revenait près de son lit, s'agenouillait sur le sol et faisait sa prière; après une méditation de durée variable elle se levait, embrassait son crucifix, et descendait doucement du ciel, en achevant sa toilette. Elle se trouvait dans la rue au petit matin. Elle avait fait choix de l'église Santa Maria Podone sur la piazza Borromeo, à cinquante mètres de sa porte, pour y élire sa demeure spirituelle, elle n'avait qu'un pas à faire.

Un jeune prêtre qui semblait avoir la fièvre, récemment arrivé de Ferrare, disait la messe devant une dizaine d'hommes et une trentaine de femmes, tous debout, les femmes ayant mis leur mouchoir sur leurs cheveux. Paulina qui avait reçu la veille l'absolution du père

Bubbo (le Père vieillit, il n'écoute presque plus la confession et on dirait qu'il est triste de me voir) Paulina communiait ce matin-là. La joie blanche, la joie de neige, la joie lumineuse entrait dans son corps et par cette voie dans son âme, et c'est en portant la joie parfaite qu'elle se relevait, se trouvait debout, marchait, sortait de l'église, et toujours dans le même sentiment radieux franchissait à huit heures le seuil de la maison Pandolfini. Milan était déjà bruyant et agité, on ouvrait les boutiques, les sediole couraient en tous sens, les deux trattorie, l'une rouge et l'autre verte, étaient déjà emplies de buveurs, le plus souvent la lumière fraîche faisait plaisir. Paulina aveugle rentrait pour jouir de Dieu et prier.

La prière dans l'état de grâce avait une vertu particulière. L'état de grâce ne pouvait durer au-delà de la matinée. L'état de grâce obtenu par la sainte communion, c'était la porte que Dieu daignait entrouvrir pour la refermer ensuite. Pendant l'état de grâce seulement elle avait accès à Lui et elle Le voyait.

Elle priait d'abord pour le repos de l'âme de son père. Puis s'adressant à cette âme même, elle s'humiliait et recommençait son aveu, elle implorait le pardon. Cet acte si souvent répété dans l'état de grâce parviendrait à effacer, à ronger sur les bords la tache sanglante du mensonge. Dès que la tache serait effacée en Paulina, l'âme de son père intercéderait auprès de Dieu. Paulina priait ensuite pour être guérie d'un état de péché beaucoup plus général, plus immanent à sa nature rebelle. « Je ne peux pas dire plus clairement, mon Dieu, je n'ai pas la force mais Vous me comprenez. » Elle demandait l'absolution future, la réconciliation en Dieu, elle ne savait par quelle voie, la bénédiction sur eux deux parce qu'ils étaient purs. Elle priait afin que l'unité se fît de toutes parts. Enfin elle s'adressait tout particulièrement à Notre-Seigneur Jésus afin qu'il voulût bien frapper d'un miracle les yeux incroyants de Michele « cet homme sincère, cet esprit qui croit en Vous et qui Vous aime, mais qui ne sait plus comment Vous trouver ».

Ensuite Paulina entrait dans son salon. Assez souvent le père Bubbo venait la voir pour un affectueux entretien. Le vieil homme s'enquérait d'abord des événements et des soucis du jour, fort discrètement car le principal n'était plus à dire. Bientôt on parlait de la vie de la conscience. Le dominicain voulait dans le même temps calmer l'exaltation de « son enfant », et lui donner par la prière des moyens de plus en plus grands d'appeler le miracle — sa libération. Mais l'homme âgé et plein d'expérience n'était pas sans appréhensions à l'égard de ce que poursuivait le prêtre; il avait reconnu en lui-même que l'attachement entre Paulina et le comte Michele avait une vérité, une pureté, une efficacité durable, et même de la vertu. Le père Bubbo estimait le courage. Voici maintenant plusieurs années qu'ils luttent bravement ensemble; et on raconte que ce Michele écrit des tragédies dont le style vaut celui de l'Alfieri! Bubbo pour se fortifier dans son rôle de directeur tirait de sa poche un petit livre et lisait à haute voix un texte des Pères, de sorte que les esprits passaient dans le monde irréel de la vie religieuse absolue. Monde baigné par une autre atmosphère, éclairé par un autre soleil. Qui sait? Paulina parviendrait peut-être un jour, heureuse, à ce monde de la félicité complète.

A midi dans la pénombre de la salle, Paulina s'allongeait sur un canapé, lissait ses bandeaux avec le bout de ses doigts, fermait les yeux.

Encore une minute d'arrêt dans le déroulement des choses. *Beata l'alma, ove non corre tempo!* Les dernières phrases du Père résonnaient en écho à ses oreilles. Hélas elle retrouvait le monde, elle redescendait. Depuis son retour de l'église elle n'avait fait que descendre. On annonçait l'intendant Paoli.

Les comptes commençaient dès que Paoli avait terminé ses salamalecs.

Elle administrait une partie des biens; elle le faisait sobrement, rigoureusement, comme son père. Rien n'échappait à sa mémoire nette, à son regard posé sur les papiers.

Elle décidait de chasser au printemps le fermier de Mirabello qui ne payait pas. D'augmenter le fermage. Paoli acquiesçait, servile, toujours de l'avis de la Signorina. Elle s'occupait de la vente du vin, du maïs, du nouveau plan d'irrigation et du compte à la banque.

Pour cette affaire d'irrigation elle ferait un emprunt. Bien. Paoli sortait, tout était réglé.

Derrière lui quelques solliciteurs, de « ses gens ». Un fermier mécontent. Un homme de Milan qui se recommandait pour... et pour... La fille du vieux Cesare présentait son fiancé à la Signorina. — Ah mon Dieu, mon Dieu! Vide, étrange vide, absence de pensée et vide du cœur. Paulina n'entendait plus les phrases vulgaires qu'on lui disait, mais nul ne remarquait son éloignement. La Signorina est une bien belle personne un peu fatiguée. Voici que l'après-midi s'approche et que l'autre versant apparaît.

Le cœur de Paulina se ranimait. Un profond désir soulevait son sein, elle devenait belle comme elle l'était en réalité, et elle montait afin de s'habiller dans sa chambre qui n'était presque plus la chambre de la prière, qui redevenait la chambre des songes, des demi-rêves, du réveil.

Paulina était nue.

Être nue c'est être absolue enfin. Elle se sentait nue dans son ventre enveloppé d'ombre, dans ses deux mamelles visibles dont les pointes durcissent à l'air frais, dans sa chevelure déployée, dans l'intérieur de son esprit.

Les regards de Michele l'absorbaient elle et son secret. Je ne lui cache plus le secret, qu'il cherche à le lire. Je lui obéis s'il parle, je m'apprête sur un signe, je me tiens comme il le demande, pour faire ressortir une beauté qui lui plaît aujourd'hui.

La nudité c'est le charme, l'enfance, ou encore la guerre. Je vais lui faire la guerre merveilleusement douce et flanc à flanc. Je vais le conquérir : toi par moi et moi par toi. Elle regarde l'ennemi, il est beau, l'homme nu est une chose si *une* qu'elle en tremble. Elle est bouleversée et affaiblie. Il vient.

A côté de leur passion, plus loin ou plus bas que leur passion, ou même sans elle, la vie de leurs deux corps, de leur corps unique poursuivait son propre plaisir et accomplissait sa destinée.

Le corps était une chose sainte.

Paulina recherchait souvent un état d'illumination et de fureur dans lequel personne n'existait plus ni lui ni elle. Elle était désorbitée, jetée à l'infini. Mais parfois c'était simplement le bonheur d'être sa femme, rien que sa femme, le double de son bonheur, une faible partie de son souffle. Un autre jour l'imagination poétique intervenait, faussait les caractères, elle croyait être prise par un homme-animal qui n'était pas Michele et qu'elle adorait comme un fétiche. Elle avait aussi le désir d'être un homme afin de le prendre lui, de quitter la passivité, qui la minute suivante lui donnait sa joie. O fantômes! O contraires. Pour la quatrième ou cinquième fois elle perdait le sens et sa raison fondait dans la joie comme une étoile dans le ciel du matin.

Terre céleste! terre céleste! comment rester avec toi.

Années 1874-75. Nous sommes au faîte du bonheur
de Paulina. Est-ce le bonheur? Tout est-il tranquille?

C'est seulement quand « après », la tête sur la poitrine
de son ami, elle entendait le battement de son cœur et
en ressentait la chaleur avec le bruit sourd, charnel et
puissant, que Paulina pouvait connaître enfin le sentiment de l'unité et la douceur.

Le jour de l'Ascension, l'année suivante, Paulina était
avec Cirillo dans la propriété de Mirabello où ils avaient
des intérêts communs. Ils examinaient les arbres fruitiers
en parlant par monosyllabes. Le frère et la sœur avaient
conclu une sorte de paix provisoire. Paulina s'ennuyait
affreusement parce qu'elle ne pourrait être de retour à
Milan que le surlendemain. Une angoisse sans raison lui
serrait le cœur. Dès que Milan s'éloignait elle était saisie
par cette angoisse. Sa vie se trouvait là-bas, et c'était une
beauté nocturne que le jour rend honteuse. Cirillo bles-
sait sa sœur par mainte insinuation méchante. 21 mai.
Printemps. Le vent, la brise plutôt, le blé déjà haut sur
le bord de la route, les rizières chaudes, parfois un petit
bois dont la verdure est déjà lourde. Aujourd'hui à
vingt-cinq ans, elle détestait la campagne. Milan rien
que Milan avec sa fièvre et ses douceurs dérobées. La
calèche bleue déboucha juste à ce moment sur la route.
Michele! « Mais c'est notre Cantarini! » fit le méchant
Cirillo. Paulina plus blanche que la mort. Le comte
descendit de voiture. Il va à Pavie pour... sa femme... qui

est mortellement malade. Le comte s'avança, salua :
« Mes chers amis, je passais près d'ici pour me rendre
à Pavie, la comtesse Zina est dans l'état le plus grave... »
21 mai. 21 mai. 21 mai.
Je deviendrai folle.

Le soir même elle était à Milan. Par les Dadi elle rece-
vait des télégrammes. Le surlendemain la comtesse était
mourante. La mort survint deux jours après.

Le comte était resté à Pavie.

Paulina se précipita à Mirabello avec mademoiselle
Priscilla, laissa là la vieille dame, arriva à Pavie. Elle fit
passer au comte Michele un mot de compassion où le
feu s'assourdissait sous le chagrin. Mais elle ne lui montrait pas sa détresse qui était horrible.

Michele ne pouvait la recevoir. Elle lut un billet dans
une ruelle : « Ici je ne suis pas mon maître. Je vous remercie d'être venue. La malheureuse Zina est endormie.
Mon cœur vous demandait. Levez la tête et regardez
une des fenêtres de la façade. » Elle le vit. Il avait les
traits tirés mais paraissait calme. Il fit un mouvement
incompréhensible. Elle repartit pleine de joie trouble et
coupable, dans une détresse toujours aussi grande, ac-
compagnée par l'ombre de Mario Giuseppe Pandolfini
et récitant des prières pour l'âme de la comtesse Zina.

Une réalité irréelle s'abattait sur sa conscience, quelque chose *qu'elle n'avait jamais pu prévoir.* Elle ne pouvait ni la considérer ni la chasser de sa vue. Elle tremblait. Sa tête lui faisait mal et sa gorge devenait sèche, brûlante, ses jambes étaient molles. Derrière ce trouble elle ne pensait rien. Elle communia chaque jour mais la religion ne lui venait pas en aide. Elle rassemblait difficilement ses souvenirs. L'image d'une figure morte était partout accrochée aux murs, c'était Zina plus son père.

Ensuite elle appela Michele de toutes ses forces, en redoutant son retour par une contradiction intime. Cette fois sa vie était mise en question. Michele ne pouvait rien, rien, rien.

La mort. Toujours la mort. On rencontre la mort au bout de toutes ses mauvaises actions. Déjà elle avait péché par tromperie contre son père, il était mort. Elle avait volé le mari de cette comtesse Zina, Zina était morte. En 1869 la malheureuse n'était pas encore folle. Voilà, c'est la morte, Paulina lui a retiré son sang.

La voix de Dieu lui disait : recherche une vie en moi. La voix de sa chair répondait et criait de besoin. La voix du remords, la vraie, faisait taire les deux autres tant elle avait de force à crier : Tu as moralement tué la Zina, tu as fait mourir la Zina.

On lui annonça le retour du comte. Le lendemain le comte Michele Cantarini se faisait annoncer chez Paulina au beau milieu de la journée.

Paulina marchait dans les rues de Milan escortée par mademoiselle Priscilla, pour fuir son angoisse. Elle prenait le bras de la vieille demoiselle. Quand elle était d'humeur féroce elle courait presque, et la vieille à plusieurs pas derrière geignait de ne pouvoir la suivre.

Le tourment ne la quittait plus.

Mon cas est si étrange. J'ai offensé deux êtres, sans réparation possible. Mais la mort du premier, de mon père chéri, oui ce fut une délivrance; la mort de l'autre, de la femme détestée qui a été l'ennemie du bonheur, m'accable sous un poids que je ne soulèverai plus jamais. Paulina en tirait de nouvelles conclusions contre elle-même : je n'ai même pas pleuré mon père.

Elle avait répondu à Michele : « Je ne pense rien, je ne sens rien, comprenez-moi, j'ai besoin de réfléchir longtemps, laissez. » Elle avait éclaté en larmes. Lui aussi avait pleuré. Leur vie sensuelle avait aussitôt recommencé, par un mouvement propre plus puissant qu'eux. Ils s'aimaient. Ils n'*en* parlaient plus; du reste le mariage ne pourrait se faire avant six mois ou même un an.

Le bruit des rues toujours plus brutal, les passants affairés, la foule étrangère la plongeaient dans une torpeur qu'elle recherchait. Hélas il fallait se retrouver à la fin ici ou là. Horreur d'être Paulina Pandolfini.

Je ne puis poursuivre mon amour défendu que si
Dieu pardonne à mon amour. Mais je ne puis m'approcher de Dieu qu'humblement couverte de mon péché.
C'est fait. Il est trop tard. L'Esprit Saint a décidé que
je serais une pécheresse. La révolte est inutile.

Dieu m'a faite coupable du péché originel comme
chaque être vivant. Et je le remercie, je baise les pieds
du Sauveur puisque m'ayant donné le péché il m'a
donné le rachat du péché. Que méritais-je de mieux,
odieuse fille? Ensuite Dieu a ajouté une circonstance
spéciale, il a permis que je mette sur mes épaules un
péché spécial, propre à moi, un péché à la fois doux et
abominable. Puis ce fut la fatalité, d'autres péchés
s'accrochèrent au premier, de sorte que me voici entièrement coupable et frappée devant Vous, Seigneur.
L'irréparable est accompli. Je suis fautive aux regards
de Dieu pour l'éternité. C'est donc ainsi que je dois
comparaître devant Lui après que j'aurai épuisé mes
moyens d'amour et de charité. Je joue ma partie, qui est
ma destinée; je suis loyale, Dieu le sait bien. Il ne faut

pas chercher à déguiser cette vérité tragique par une ruse quelconque. Rien ne s'efface sur le Livre de Dieu. Pauvre péché pour lequel je suis frappée, humble et cher péché tu es Paulina elle-même.

Mais tous les poils de mon corps se dressent dans l'horreur et l'épouvantement, je te supplie, j'avale les crachats de ta bouche, ne me jette pas au feu de l'enfer éternel!

Je suis folle. Je ne comprends plus rien. Je m'épuise à revenir toujours sur ces idées qui sont impures, parce qu'elles mélangent Dieu et le monde, mon salut et les convenances à Milan. Supposons que je l'épouse: comtesse Cantarini. Rien que ce nom fait ressortir l'abomination d'un mariage entre lui et moi. Comtesse Cantarini! Ils savent tous que je suis depuis six ans sa maîtresse. Et d'ailleurs la *vraie* comtesse Cantarini ne le permettra pas! Son ombre vient la nuit et me dit: on ne passe pas devant moi, on ne prend pas mon nom d'épouse! Oh mon Dieu, est-ce que j'en serais arrivée à aimer mon affreux péché? Que doit penser Monica Dadi? Et le père Bubbo? Non Dieu ne permettrait point que j'aie de la complaisance pour l'offense faite à sa loi. Je m'appuie, je prends appui sur la pureté de Dieu. Mais aussi est-ce moi, une Pandolfini, qui vais légitimer ma faute comme une fille de village? J'ai porté le défi. C'est affaire entre moi et mon Dieu. Je reste pécheresse, devant Toi. Frappe. Mais laisse-moi T'aimer. Ce ne sont pas ces menteurs et ces adultères, ces sépulcres blanchis, ces méchants qui vont avoir à porter un jugement sur la vie de Paulina Pandolfini! Pardonne-moi, Seigneur, le péché de colère. Pourquoi les haïrais-je? Je t'aime. Veille sur mon cœur, Tout-Puissant, donne la patience et la pureté à ta servante et permets-lui de toujours porter sa croix à l'image de Ton divin Fils le Sauveur. Amen.

59

Le Père vieillissait à vue d'œil et les misères du siècle
s'éloignaient de lui. Il passait la journée dans sa cellule
à chanter du grégorien et à lire l'Imitation. Il avait
idée que sa petite fille spirituelle Paulina trouverait
un jour dans un couvent le port de la douceur. Ceci
dit il renonçait à faire l'approximation trop difficile
qui lui aurait permis de juger des événements actuels.

Monica Dadi, femme bonne et pleine d'esprit, n'avait
jamais supposé que « le drame de Paulina » pût se dénouer
comme ça en un tournemain. Elle épiait les mouvements
de la belle sauvage. Nul doute que le Cantarini ne l'ait
demandée en mariage, c'est un homme d'honneur.
Je parie qu'elle a refusé. Elle l'aime comme la vie. En
ce moment il faudrait qu'elle fût naïve et bête, ou alors
qu'elle eût un vrai courage. Elle se croit intrépide et
en guerre avec tout. Mais depuis que son père l'a mise
sous clé, elle n'a jamais pu faire un acte d'indépendance.
D'ailleurs la religion lui ordonne de conclure la paix
avec les autres et avec elle-même, mais avec Dieu surtout.

Paulina restait seule dans ses brouillards.

Michele Cantarini se décidait à agir contre la religion et contre les prêtres. On peut être un amant sans défaut et ne pas connaître un seul des secrets chemins dans lesquels se meut sa maîtresse; ou encore elle a les yeux les plus beaux, mais elle est aveugle ici-bas et vous ne l'avez jamais aperçu.

Le comte faisait des raisonnements. Tant que sa religion a laissé libres ses sens et son cœur, je l'ai acceptée. J'ai fait preuve de tolérance. Le doute qu'elle éprouvait et qu'elle appelait son péché avait de la grandeur; quant à ses vraies souffrances de fille et de femme, personne n'aurait pu les aimer mieux que moi. Mais halte! Si la religion la paralyse, l'étouffe et la met dans l'angoisse, j'interviens. Elle m'aime, je suis sûr d'elle. Je lis dans ses yeux l'amour et la reconnaissance pour la vie. Elle est en danger. Elle désire que je la touche pour la tirer du sommeil. Elle a besoin d'être éveillée, c'est-à-dire de retrouver une existence claire, simple, au grand jour, de fréquenter à nouveau le monde et d'y retrouver des plaisirs. Je ne suis pas jaloux; que d'autres reçoivent le rayon de sa beauté, de sa jeunesse, qu'ils en soient heureux et qu'elle en soit heureuse.

Michele discourait, mais il ne savait guère ce qu'il voulait faire.

Comme Paulina il était dans le *bivio* de son existence. Si j'agis comme ceci ou comme cela, d'un côté tout sera sauvé et de l'autre tout sera perdu. Ou nous nous épouserons, ou avant six mois c'est fini. Je la veux! Je la veux, elle, pour toute mon existence d'homme. Calculons. Éloigner le dominicain? Je n'y parviendrai pas. Emmener Paulina? Impossible. C'est dans l'esprit de Paulina qu'il faut livrer bataille à l'influence des prêtres. Par quels arguments? Exciter le plaisir, c'est mauvais. Plutôt ranimer ses souvenirs, évoquer la belle vierge de Torano en 1869. Attaquer par un raisonnement moral le sentiment misérable du remords, elle est empoisonnée de remords à l'égard de tout le monde. Lui montrer l'horreur commise par les prêtres quand ils fondent sur « la faute » la vie de la conscience. Lui faire comprendre la faiblesse de sa position devant Dieu, l'impureté du partage qu'elle a conçu entre Dieu et le mal, et cela uniquement parce qu'elle a identifié la chair et le mal.

Au contraire la saine vérité d'un amour droit, humain, acheté comme le nôtre par des souffrances et des larmes. Elle comprendra et ce sera la fin d'un cauchemar.

Il lui parlait le soir pendant des heures. Il attaquait avec force et avec ruse. Il concluait toujours à peu près comme ceci : « Je vous conjure de rester sur terre, là où vous aimez, c'est ici que vous pouvez plaire à Dieu qui est bon et raisonnable, en obéissant à son ordre qui vous a faite femme, belle, douce et digne d'être aimée. »

Paulina, qui se tenait elle-même à la gorge avec tant de violence, se sentit dégagée un peu, et respira.

Elle avait trouvé dans un livre cette page d'un vieil auteur mystique allemand :

« Mais si la volonté de Dieu était de te jeter en enfer? — Me jeter en enfer? Que sa bonté l'en préserve. Mais si vraiment il me jetait en enfer, j'aurais deux bras pour l'entourer. Un bras est la véritable humilité que je passerais en dessous de Lui pour m'unir ainsi à Sa sainte humanité. Et avec le bras droit de l'amour, qui unit à Sa sainte divinité, je l'embrasserais si bien qu'il lui faudrait venir avec moi en enfer. »

Le 5 octobre 1876 Paulina rendait sa réponse : Non
je ne vous épouserai pas.

Mais rien, rien ne pouvait la détacher du comte.
Elle implorait de lui la continuation de la vie qu'ils
avaient toujours eue. Il ne sut pas lui résister; et humblement, demi-nue, elle accomplissait dans la chambre
un rite symbolique, elle embrassait sur le sol la trace
des pas de Michele.

Je me lève automatiquement, ai-je peur, non je n'ai pas peur, le jour est éclatant ce matin, affreux, le jour fait mal, les maisons de Milan ont des façades plates et moisies, ou encore on dirait du carton qui rentre sous la lumière, je suis seule dans la rue, je cours, comme il fait chaud, mais non je suis glacée, il fait chaud en été : via Torino, tourner, Piazza del Duomo, je suis arrivée, le Dôme est blanc, le Dôme est méchant, il fait noir et roux à l'intérieur dans la maison de Dieu, c'est moi. On est invisible, on glisse et on s'enfuit de là pour aller là, le gros pilier me cache, personne ne me voit, la foule entre par toutes les portes, sur les lumières de l'autel je vois remuer le prêtre, l'orgue commence, Notre-Seigneur est mis en croix, la croix est suspendue au ciel par des fils, je regarde, je regarde, je regarde, je les vois tous les deux, lui porte un bel habit noir pincé à la taille, un col montant, et sur son habit ses décorations, elle est blanche comme une rose blanche parce qu'elle est jeune fille, vous comprenez. C'est le mariage du comte Michele Cantarini avec... avec... Celui qui?...

Oui, oui! celui qui a aimé Paulina Pandolfini! L'orgue, l'orgue, l'air noir, je traverserai les premiers rangs et je me jetterai à leurs pieds! L'orgue, je vais mourir, je suis Paulina. L'orgue rugit, c'est fini, c'est fini, c'est terminé, allez-vous-en, sortez tous! Je glisse, je cours, je suis chassée, la lumière, la lumière, le soleil, j'ai le vertige, ah voici la maison, il ne s'est rien passé, je tombe sur mon lit, je hurle, je délire, mais non tout cela n'est pas vraiment vrai, je délire. Ne me croyez pas.

VISITATION

63

(Journal)

✝

Comme les portes en se refermant sur sœur Blandine ont fait un bruit solennel! Je les entends toujours. Rien de pareil au bruit de ces portes.

Depuis j'ai eu deux moments heureux.

Tes mains ont fait tourner la clé dans la serrure et ensuite Tu t'es approché.

———

Dès le réveil à cinq heures le temps est divisé pour toutes les œuvres que l'on fait et l'esprit ne peut s'arrêter une minute. Obéir. Silence. Je suis toujours seule. Ces jours-ci la Mère Supérieure me laisse dans ma cellule l'après-midi. La Mère Supérieure est très douce mais elle est méfiante. Mantoue est triste. Il pleut beaucoup. Janvier, février, mars, avril et mai. Le silence me fatigue. J'ai tout perdu. Mais non j'ai tout gagné! Malade cette nuit.

Alleluia.

A la fin c'était une épouvantable honte. Alors est revenu mon courage, qu'Il m'envoyait pour Son service. Fuis, réveille-toi. Oh j'ai beaucoup souffert! Ils m'avaient crucifiée. Ce n'est pas vrai : la croix était celle de ton péché de chair, une croix de larron, tu t'étais crucifiée toi-même.

Il me disait de m'échapper en Lui, c'était la seule route.

✝

Obscura et foetida.

La maladie ne donne pas ce que j'attends d'elle en
élévation de l'âme, et pourtant je me l'imposerai pour
briser cet intolérable enfer de silence et de misère où
je suis.

Je cherche une forme à voir, et c'est une Substance.

Ne pas laisser travailler l'intelligence.

Je n'ai pas eu assez de courage, je me suis arrêtée
en route, le sang n'a pas assez coulé. Je recommencerai
ce soir même. Comme Tu aimes le sang, ô mon Dieu.
Mais je ne Te laisserai pas passer sans Te saisir. Ma
souffrance Te plaira encore davantage.

———

Ex osse Sancti Vincentij. C'est la relique que m'a donnée sœur Perpetua. Son voile noir et ses yeux clairs. Que je parvienne donc, mon Dieu, à cet état d'abandon! à la désincarnation sous le voile noir.

J'embrasse la relique, je l'embrasse, pour sortir de ma torpeur.

———

Cette fois j'ai pu enfoncer profondément, le sang a coulé, je suis plus heureuse. Pendant que je souffrais ma prière montait très haut, peut-être se trouvait-elle au bord du monde Obscurité. Je l'espère, je l'espère, je n'en suis pas certaine.

Il fait froid dans ma cellule. Je renonce à la veste de laine. A tout prix je dois briser l'écran de verre. Cet écran fait que je le vois mais en aucun moment je ne le touche. Mon Dieu viens-moi en aide afin que je touche Dieu dans le doux rayonnement du pardon.

✝

Je suis la déchue heureuse.

✝

La Mère Supérieure l'a vu et m'a demandé pourquoi.

J'ai répondu : pour expédier les péchés que j'ai commis pendant une vie mauvaise.

Elle a dit : je n'aime pas ces pratiques, etc... Elle ne sait pas que je dois à tout prix briser l'écran de verre, sortir du désert, retrouver mon Sauveur, pour Qui je suis ici.

O pécheresse. Je fuis, je reviens, Il se tait. C'est que mon âme n'est pas assez vide et qu'il y reste quelque chose de moi.

Dans la Maison de la Visitation à Mantoue, régie
avec cette sainte douce rigueur ennemie des excès et
des passions, cette humilité et amour de l'abjection
intérieure, ce simple abandonnement sans crainte, qui
forment le fond de l'esprit de la Visitation, « faire et
souffrir tout ce qui arrivera de la part de Dieu et de la
sainte obéissance », — la mère Marie-Marguerite avait
vu entrer, quelques jours avant le *Natale* de 1876, une
demoiselle de Milan de bonne famille qu'une lettre
de l'Archevêché avait auparavant recommandée.

Elle fut reçue avec le plus grand zèle chrétien par
la communauté entière, car on la disait une âme fort
troublée qui avait subi des épreuves douloureuses et
les vexations du démon. La lettre de Milan ajoutait
même qu'au cours d'une de ces épreuves la pauvre
demoiselle avait failli perdre la raison.

On donna à la novice, pendant son postulat jusqu'à
la vêture, le nom provisoire de sœur Blandine. La
mère Marie-Marguerite lui remit les Constitutions
copiées à son intention et l'une des sœurs ajouta un

cilice. La sœur Blandine eut connaissance de la Fin particulière assignée à la Visitation par les Saints Fondateurs : « Imitation des anéantissements de Notre-Seigneur ». Elle dirait plus tard, à l'heure de ses vœux : « Je viens pour que les âmes aient la vie, et qu'elles l'aient avec plus d'abondance »; c'est-à-dire qu'elles soient humiliées et anéanties à la perfection.

La mère Marie-Marguerite de Civezza était une femme grande, entièrement drapée dans le voile noir qui cachait même son rabat de toile et entourait exactement sa face osseuse, régulière, vieillie dans la plus parfaite douceur. Par nature elle était de celles qui « entendent courir le vent »; par vocation elle incarnait cette incroyable douceur, la très « sainte égalité d'esprit », douceur vis-à-vis de Dieu, douceur envers soi-même, douceur entre soi et les créatures qui sanctifie les rapports des sœurs entre elles. La mère Marie-Marguerite répétait les paroles de saint François de Sales aussi souvent qu'elle le pouvait : « Moins de rigueur pour le corps, tant plus de douceur de cœur. » Son second principe dans le gouvernement du monastère était : l'observance. Non par autoritarisme personnel; mais parce qu'elle avait l'entendement le plus vif de l'esprit même de la Visitation, qui veut que les Filles dépendent entièrement de la Mère pour leur sanctification, demeurent en paix dans ses bras, soient les servantes dévouées à ses ordres et les enfants de son affection. Pareille à une statue baroque, la mère Marie-Marguerite s'appuyait sur une canne car elle boitait légèrement. Le bruit de sa claudication, bien que dissimulé par une éducation distinguée, l'annonçait de loin dans les couloirs. On ne lui connaissait aucune faiblesse de l'esprit ou du corps. Levée bien avant la sonnerie de cinq heures, elle surveillait la journée entière pour ainsi dire dans l'âme de ses trente-cinq filles; au réfectoire, à « l'obéissance » de onze heures et de huit heures du soir, pendant les lectures, le travail, « le grand silence », elle était partout présente et active. De nuit elle examinait les comptes de la communauté. Tous les quarts d'heure il y avait le coup de cloche : une religieuse remplaçait l'autre devant le Saint Sacrement de l'Autel. La mère Marie-Marguerite en quelque endroit qu'elle se trouvât entendait toujours le son de la cloche; elle aurait pu compter les coups de l'Adoration Perpétuelle depuis les onze années de son gouvernement.

Elle était un modèle de la vertu mystique comme l'aime la Sainte Église : associée au dévouement pastoral et à l'intelligence des âmes. Elle enracinait dans sa famille religieuse la dévotion solide qui préserve contre les illusions faciles ou les imaginations hérétiques à quoi nous induisent si aisément les ravissements ou extases. La vie cloîtrée et l'oraison formaient les bases suffisantes d'une existence anéantie dans la contemplation de N.-S. « Je ne connais rien de si heureux sous le soleil qu'une religieuse qui aime bien Dieu, sa supérieure et sa cellule. » N'avoir et ne faire rien en propre. Autour de la mère Marie-Marguerite vivaient ces « volontés de cire ».

La mère Marie-Marguerite fit la connaissance minutieuse de l'arrivante et porta un premier jugement défavorable. En effet elle discerna : orgueil très vif, goût pour les mortifications excessives, esprit de rébellion.

Cette dernière tendance, la plus satanique à ses yeux, était heureusement en voie de recul. Il y avait espoir de la voir céder et s'humilier devant l'Esprit Saint; n'était cet espoir, la mère eût écarté vivement la novice.

Quant à sa sensualité dont elle parlait toujours, la mère en faisait peu de cas. Derrière les grilles, par la force des choses elle crucifierait ses sens. On l'y aiderait avec beaucoup de charité douce.

✝

Ces blasphèmes, ces paroles de Caïn à mon oreille. Qui parle? Satan. Les Sœurs ne me font aucun bien. Elles ont l'air heureuses. Que je devienne anéantie à mon tour! Non je suis en guerre avec le monde. Personne ne m'aime plus. Il ne faut pas montrer ces sentiments à la Mère Supérieure.

Est-ce donc un mensonge qui me garde ici? Michele! Tu es peut-être mort? Mais on n'écrit pas à une Visitandine. Tu ne pourras donc jamais comprendre que Dieu m'ait appelée par mon nom? Et Il a demandé de moi un service extraordinaire. Je le sens, même quand je suis dans mon désert. (Je t'ai vu mort, en songe, sur une place de Milan, je ne sais plus quelle place, mais il y avait des cierges, les cierges sortaient de terre comme font les arbres, c'était à midi, en même temps il faisait obscur, et toi mort tu parlais, tu me disais d'aller... je ne sais plus où.) Mon Dieu, mon Époux, ô Sacré Cœur du Sauveur, je faiblis. *Ave Maria* trois fois. *Ave Maria* trois fois. Michele je ne peux plus me taire, Michele j'ai soif de toi, Michele mon amant reprends-

moi, reprends et donne, j'ai soif, j'ai soif, j'ai soif, j'ai
faim de tes yeux et de ta bouche, de ta force, Michele,
j'ai peur de toi mais il est si doux d'avoir peur de
l'homme... — J'ai horriblement écrit tout, j'ai tout dit,
voilà, c'est écrit sur ce papier, ma tentation charnelle,
je l'ai écrite. Ainsi j'en serai délivrée. — Démon! Oh
il n'existe pas un être plus impur que moi sous l'œil
terrible de Dieu. Je suis morte de honte. J'ai tout écrit
et j'ai eu plaisir à l'écrire. O honte, honte! il faudra
souffrir beaucoup cette nuit.

Mon Seigneur, il est impossible, il est impossible que
tu m'aies *voulue* impure.

✝

Prié avec l'os de Saint Vincent contre ma bouche.

———

Prié avec l'os de Saint Vincent appliqué sur mes plaies.

———

Prié avec l'os de Saint Vincent, je vais mieux. La Mère Supérieure est revenue. Pendant deux mois elle me visitera trois fois la semaine.

Je crois qu'elle ne comprend pas ma foi.

Elle me donne l'ordre de ne plus faire souffrir mon corps. « Mortifiez-vous en esprit, écorchez votre cœur et videz-le, c'est-à-dire ne faites plus rien qui soit à votre volonté. »

Elle n'a pas vu les plaies.

Je passerai outre à cet ordre. La Mère ne sait pas que dans la souffrance du corps et particulièrement cette souffrance à Son image, je trouve le moyen, l'unique moyen de dominer mon être misérable, de vider mon âme, de l'élever tout d'un coup pour la jeter vers Lui. Je saurai bien cacher le sang. N'est-ce pas que Toi tu veux aussi mon sang?

✝

La lagune est claire, on est au printemps. Je me souviens comme l'eau du lac de Côme tremblait en avril, les petites vagues respiraient. Cette eau est morte. Je suis morte. O mon Agneau, mon Divin Seigneur, ouvre enfin l'autre monde, le véritable, puisque tout est mort comme il était nécessaire pour commencer.

En ce moment j'ai beaucoup de souvenirs comme avant de mourir.

Un jour je serai vraiment morte sous des fleurs blanches. C'est alors que je serai prête pour Ton baiser.

Méchante qui t'es presque guérie.

Liqueur de la plaie,

tu
n'as pas voulu continuer à couler pour la pensée
d'une des gouttes divines. Et moi je veux donner
tout un ruisseau et encore envenimer la plaie avec
mon ongle

et que la plaie

se trouvant salie soit
l'image de mon péché.

Aimes-tu?

Alors comme
la monnaie permet d'acheter une chose, achète avec le
sang de ton péché

ton salut.

Le signe entre nous

est fait.

J'ai mal, j'ai mal,
un jour je perdrai ce corps de douleur, je le dépouil-

lerai. C'est quand je me blesse de la symbolique blessure

(ainsi Toi sur la Croix, mais Roi mon Dieu, tout ton corps pesait sur les trous des plaies, et le trou perçait entièrement chaque membre, et il y avait encore tes bras qui saignaient aussi, et ton cœur éclatait au milieu)

c'est ainsi que j'entre en Toi ô Roi mon Dieu agonisant.

Écoutez, mes sœurs. Moi mes oreilles sont crevées. Je suis sans nourriture, paralysée. On m'a jetée en prison. Je me tais tellement j'ai honte. Mon corps est couvert de bêtes. La fièvre est ce qui me soutient. Toutes mes sœurs s'enfuient. Oh que ce soit ainsi, oh que ce soit ainsi.

Tiens je me blesse encore.

Au bout de la route en or il n'y aura plus que mes ossements, au bout de la route d'éther il n'y aura plus qu'un tout petit souffle, formé d'aurore

c'est mon âme, j'ai été Blandine ou Paulina

attire-la, mon Dieu immense, attire-la, respire-la et reçois-la.

Cet esprit tour à tour dans la torpeur et l'exaltation semblait sourd aux injonctions de la Mère touchant la discipline des âmes. Sœur Blandine attendait de trouver l'illumination de la Grâce par ses propres moyens. En vain la Mère lui rappelait-elle que rien ne devait se passer dans son propre cœur : « Nous autres de la Visitation, nous sommes les filles du cœur de Jésus » — comme l'a prouvé la dévotion du Cœur Adorable instituée par la Bienheureuse Sœur Marguerite-Marie en 1688.

La Mère résolut de témoigner d'une grande patience à l'égard de cette âme, car elle en sentait le prix. Quand Dieu fera entendre le *Veni sponsa* du jour éternel et quand l'épouse morte sera dans le chœur, exposée sur le grand voile blanc et couverte de fleurs, comme elle aura été morte une première fois en symbole et couchée sur ce même chœur sous un drap mortuaire au moment de la profession perpétuelle; quand cette âme délivrée « paraîtra en gloire » devant Jésus-Christ son époux et juge, — qui pourra dans la chrétienté prétendre qu'elle fut jamais découragée par ses sœurs? C'est un incompréhensible amour qui, de tous temps, a porté Dieu à se communiquer à des créatures.

Ainsi arriva-t-on à la vêture qui se fit au mois de juin, la prétendante reçut le saint habit près de la grille : la robe, la tunique « humilité du cœur et mépris du monde », le voile « signe de soumission, d'humilité et de pureté » en souvenir de la mort ignominieuse du doux Époux qui fut voilé par les impies, le cierge allumé « ferveur du Saint-Esprit ». « Vous ne serez plus appelée Paulina Pandolfini, lui dit le célébrant, mais Sœur Blandine de la Visitation. »

Sœur Perpetua était une petite femme au sourire grave, aux gestes menus, aux joues roses et aux dents claires. Elle semblait dans la perpétuelle lumière de la dilection. Ses yeux riaient sans motif, son visage net et pur paraissait une médaille vivante, elle était choriste. Seulement son parler très fin, légèrement rude, laissait voir qu'elle était née quelque part à la vie terrestre et que c'était en Toscane.

Fille de la bourgeoisie riche, elle était venue d'un de ces palais transformés en banques et en maisons de commerce, qui se trouvent derrière la cathédrale de Florence. Il y avait de cela douze ans. Depuis son enfance qu'elle avait passée sous le chevet rose, vert et jaune de Santa Maria del Fiore, elle était habitée par l'idée monastique. Elle ignorait toute passion. C'est pourquoi elle avait choisi l'ordre le plus secret et le plus paisible, la Visitation de Mantoue.

Perpetua était une Visitandine exemplaire.

La Mère décida que le « bon ange » de Blandine, ce

serait Perpetua. Ainsi selon les Constitutions, « pour l'exercice réciproque de la correction fraternelle », sœur Perpetua et la novice devaient avoir chaque mois une heure d'entretien seule à seule.

La sœur Blandine parut insensible au charme séra-
phique de la sœur Perpetua, mais Perpetua ne se lassa
point de penser dans le secret à l'âme de son bon ange,
d'agir comme elle le pouvait pour le bien de cette âme
et ainsi pour le bien du couvent tout entier. Blandine
la rencontrait souvent et elles se trouvaient alors, selon
la règle, en compagnie de deux ou trois autres sœurs.
A l'heure de la conférence des lectures, quand toutes
les sœurs mettaient en commun les satisfactions spiri-
tuelles qu'elles avaient trouvées dans leur lecture d'avant
vêpres, sœur Perpetua ne s'adressait pas directement
à sœur Blandine, mais son gentil sourire signifiait :
« C'est à toi que je pense. » La constante égalité d'esprit
et la joie dans l'obéissance, tel était son thème favori,
et les sœurs apprenaient de sa bouche que lorsque nous
obéissons absolument, la liberté la plus grande apparaît
dans l'âme pour nous porter jusqu'à Dieu ou plutôt
nous permettre de marcher autant que nous le pouvons
à sa rencontre. « Il faut se faire toute petite pour passer
par la porte de l'enfance évangélique, mais au-delà

quel horizon immense! » « C'est l'horizon de l'éternité » répondait une autre sœur très âgée.

Est-ce que sœur Blandine écoutait? Elle avait l'air perdue dans ses réflexions. Son soulier l'avait blessée au pied et elle allait entrer à l'infirmerie. A la chapelle elle montrait un grand zèle de piété. On l'employait surtout à la roberie. Elle était si jolie avec ses grands yeux cernés de gris noir. Peut-être était-elle malade? Perpetua voulait passionnément la sauver. Elle eût même désiré mourir plus vite afin d'intercéder directement auprès du Très-Haut en faveur de sœur Blandine.

Pendant la récréation Perpetua se laissait aller à des plaisanteries de petite fille. Mais son intuition ne cessait de la guider vers ce cœur fermé devant elle, qui se dérobait entièrement. Un jour le bon ange eut la joie de calmer une angoisse mystérieuse dans l'esprit de la chère novice; alors Perpetua eut un baume de contentement. Elle priait avec ardeur. Bientôt le miracle se renouvela, et grâce à Perpetua la novice ressentit la douceur de Dieu, car rien dans la novice n'était enclin à la douceur. C'est ainsi que Perpetua commença d'aimer la sœur Blandine.

Elle eut une première lueur sur la réalité de son amour quand elle entendit la Mère Supérieure lui dire que la novice confiée à sa fraternelle influence s'était fait « par orgueil » une blessure à chaque pied pour imiter les plaies du Sauveur. Comment cela, ma Mère, comment cela? Avec un clou ou un couteau, sur le dessus du pied; la blessure avait été maintes fois rouverte et envenimée; à la fin tout cela s'était trouvé découvert à l'infirmerie. Cette novice prétendait atteindre ainsi à la foi vivante, disait-elle, alors qu'elle s'enfonçait de plus en plus dans l'angoisse de la désobéissance et chassait Dieu de son cœur. En effet elle avait persévéré dans ces pratiques détestables contre un ordre formel que la Mère lui avait donné pendant les premiers temps de son postulat.

Perpetua fut accablée.

Non seulement parce que l'âme de la novice se trouvait en balance entre la Grâce et le monde, ou parce que la Mère Supérieure ayant marqué ce mauvais point allait changer sa position et passer de la douce

patience à la méfiance; aussi pour un autre motif.
Pourquoi cette passion de te blesser? Surtout, pourquoi me l'avoir cachée à moi? Pourquoi désobéir si gravement et rendre impossible ton séjour en Dieu avec nous, avec moi?

Perpetua ne pouvait comprendre le mobile d'une action si insensée; car ce n'est pas sur une humble petite sœur que le Seigneur va imposer sa marque comme il est dit dans les Vies des Saints. Et imiter soi-même la marque du Seigneur c'est un grand péché d'orgueil et peut-être pire. D'ailleurs la Mère avait déclaré : c'est coupable, personne ne pouvait penser autrement. Blandine aurait-elle (pour l'excuser) des péchés terribles sur la conscience? Perpetua n'avait jamais péché gravement, elle était donc dans les ténèbres de l'ignorance. Mais les mortifications sont de l'esprit plus que du corps, à la Visitation, et celles du corps sont prévues; enfin comment se mortifier contre la volonté de sa supérieure?

Et tous ces raisonnements s'effaçaient devant autre chose.

Perpetua n'avait plus de sommeil, sa douceur d'esprit s'altérait, un souci continuel pour l'âme et la personne de sœur Blandine l'occupait entièrement et cela l'empêchait même de demeurer tranquille pendant le grand silence.

Elle n'était plus « la vivante hostie offerte à Dieu ». L'affection trouble qu'elle éprouvait pour le visage de la novice, la curiosité à l'égard de la vie passée de la novice; le désir d'être avec la novice, pour guérir d'abord ses horribles plaies, la soigner, la convaincre de ne plus jamais avoir recours à ces moyens sanglants et coupables; la déchirante passion qu'elle sentait en son cœur de garder la novice au couvent et près d'elle; cela tournait et retournait dans sa pauvre tête, se glissait entre les grains du chapelet, entre les périodes du chant sur trois notes à la chapelle, l'emplissait de terreur et de tendresse. Sœur Perpetua connaissait bien la sévérité de la Mère, elle savait que sœur Blandine était dès maintenant (sans qu'elle s'en doutât peut-être) tenue en observation à tous les instants de la journée. La destinée de sœur Blandine se jouait entre les murailles des cellules sombres, dans le cloître où frappe le soleil, et encore ailleurs, partout. Perpetua voulait donner sa vie, Perpetua voulait donner son salut même?

Sœur Blandine guérit. Elle semblait bien plus calme. Perpetua reprit espoir. Mais pourquoi la novice était-elle si indifférente à la gentillesse discrète de son bon ange. Rien n'existe à ses yeux, ni l'Ordre, ni la Mère Supérieure devant qui chacun tremble, ni les pensées du Saint Fondateur, rien de toutes ces vérités si grandes, si profondes, ni l'image même du Sacré Cœur : il n'y a qu'elle, la recherche de son salut par des voies qui sont à elle seule, des voies mystérieuses, comme si elle croyait pouvoir devenir Dieu. Et moi je n'existe pas non plus.

C'était pourtant si beau de prier pour la novice qu'il en sortait une lumière extraordinaire. La dévotion semblait plus douce et renouvelée. Sœur Perpetua de sa fenêtre voyait passer le ciel, ce grand ange bleu, sur la cour des cloîtres dans laquelle le silence a élu sa demeure, et plus loin sur les arbres du grand jardin de buis, de fleurs du Seigneur, de fruits et de légumes, où la lumière est gaie, claire, sans personne. Dans cette belle cour des cloîtres, est-ce que Dieu voudrait per-

mettre que sœur Blandine et elle s'avançassent doucement ensemble vers la mort, la main dans la main?
Certes Perpetua n'osait pas juger de l'erreur que la
Mère Supérieure pouvait commettre. Mais elle priait.
Dans son ardeur il lui semblait que la Providence
l'écoutait, et faisant état de ce qu'elle disait, elle Perpetua, voulait bien écarter tous les dangers. Alors
Perpetua était sûre que son amour ne cesserait plus
d'aller de la novice à Dieu, que rien ne lui serait jamais
enlevé. Peut-être un jour, un jour, sœur Blandine
éclairée daignerait-elle poser les yeux sur Perpetua
son humble servante, et comprendre.

✝

Je t'ai blessée pour que, portée sur le véhicule de sainte souffrance, tu atteignes le pan du manteau de lumière de mon Seigneur. Mais aujourd'hui d'où vient que tu n'aies plus besoin de me blesser? Ma chère sœur je me suis guérie de toutes les blessures. Comment? En laissant ce corps à la terre. Et tu t'es dégagée de la terre? Oui je n'ai plus de corps du tout, je ne mange ni ne respire. Et tu vis? ô ma sœur, d'une vie immobile, inchangeable, éternelle, pleine de feu à l'intérieur, d'une vie qui est, je le comprends, la Vie, tandis que l'autre, celle que tu as, celle nourrie de sang, est l'ombre d'une apparence.

†

Michele, ce démon, est revenu. Mon Dieu, quelles
horreurs lui laisses-tu accomplir! Une diablesse est avec
lui. Ensemble. Comme j'ai été humiliée. Elle cette diablesse qui ferme toujours les yeux et sourit. Qu'est-ce
que vous avez fait de Paulina, ô prostitués, qu'est-ce
que vous avez fait de Paulina?

82

✝

Aujourd'hui, comme si j'étais sortie des nuages de l'angoisse, j'ai pu examiner les circonstances de ma vie honteuse et les œuvres du démon depuis 1872. Quand j'étais petite à Torano j'avais la passion de la pureté. Comment moi si fière ai-je pu rouler dans l'abîme de débauche adultère et de sensualité perverse et m'y complaire si longtemps? Mon Dieu! ce n'était pas tout. La misère de nature, la lâcheté de caractère, la concupiscence renouvelaient le péché; mais encore ma conscience en connaissait l'abomination, en mesurait l'importance, car elle n'avait point perdu la dernière lumière, et elle ne l'a jamais perdue puisque je suis ici. Épouse de débauche, qu'avais-je inventé? C'est bien pire que l'étreinte charnelle même. Je voulais conserver à la fois le péché qui flattait mes sens — et le doux Regard de Dieu. Je rusais pour m'approcher de mon Seigneur encore heureuse des baisers de mon amant. Adultère et perverse je recevais en moi le Corps et le Sang de Jésus. Mon aberration était si folle, et je tournais si bien les ordres sacrés...

———

J'ai écrit ci-dessus faussement. Il n'y eut jamais de ruse. C'est la *nature* de mon péché qui est monstrueuse. Non sa circonstance, mais sa nature, et cela pour toujours. Dieu n'aime pas l'œuvre de chair, et tout au moins lui impose-t-il une loi; ainsi se trouve-t-elle purifiée par Ses mains. Moi j'ai accompli l'œuvre de chair contre Dieu.

C'est-à-dire avec le diable.

A jamais pécheresse j'étais donc obligée de regarder le Seigneur, portant sur mon corps mon péché tout entier, et dans mon âme la douleur. Je l'ai fait. Je le fais toujours. Je me sens la déchue et c'est comme déchue que moi je dois aimer Dieu. Ainsi, j'aurai ou je n'aurai pas le repos éternel, le repos dans Son amour. Mais je l'aimerai tant, j'expierai par ma vie entière si profondément, que cette vie entière, ô dur Seigneur, pèsera dans la balance. — Est-il certain que ma vie entière suffise? S'il apprêtait pour moi la trappe dans la terre avec les flammes? Oh que j'ai peur, que j'ai donc peur. La damnation éternelle s'ouvre là devant mes pas, à moins que je parvienne à attendrir Sa Justice, à trouver Son cœur. Que dis-je? Non. Même dans la damnation je bénirai sa main et je l'aimerai.

La Mère Supérieure ne peut avoir aucune notion de ces choses.

———

Depuis mon enfance j'ai peur de moi parce que je suis double.

Paulina qui était belle, impure, dont les sens étaient si exigeants, et cette passion qu'elle avait sous le sein, mon Dieu, cette passion méchante et douce, je ne sais plus, — je l'ai tuée, enterrée. Elle est morte. Et l'autre gémit, elle se tient faiblement, tout l'irrite et le vent la renverse, mais elle veut, elle veut la pureté, la soumission, les vertus, la mort amoureuse, l'unité avec l'infinie Présence de Dieu qui est sans contours, sans forme, sans réalité, un immense ciel tout noir empli par Lui jusqu'aux bords, une fontaine de ciel et de ciel qui va s'écouler jusque dans le petit fond sale de mon âme, ou encore quelque chose qui paraît jaillir, s'élever, se répandre hors de moi comme si l'immense Ciel était mon enfant, ce que j'ai conçu sous la caresse de l'amour. Oh, cette autre personne a l'espoir d'être sauvée, mais cette autre-là ne vit presque jamais, Seigneur, je la perds, je la détruis, elle s'accable elle-même ou bien je l'accable, l'existence qu'elle a est courte. Tu auras pitié de cette Autre, mon Dieu, de celle-là seulement, car bien que formée avec la chair du péché elle est innocente. Tu appelleras seulement cette Autre, bien qu'elle soit liée à la première par la déchéance originelle, mais d'abord donne-lui la vie afin qu'elle puisse entendre, voir et baiser la Figure que Tu as l'infinie bonté de lui faire connaître à travers les obscurités terribles et les harassantes douleurs.

✝

Natale, Notre-Seigneur naît cette nuit dans ma misère.

Je suis au couvent depuis une année.

Est-ce que j'approche du Grand Jour où je serai Fille de la Visitation?

Les rapports avec notre Mère sont difficiles. Elle m'interroge souvent. Elle dit qu'il faut « ne se servir de l'initiative personnelle que pour accomplir de son mieux ce qu'on a vu être la volonté de Dieu » et que « les moyens d'aimer Dieu doivent être indifférents ».

Elle ne sait pas que je suis ailleurs par Sa grâce, depuis le mois de la grande souffrance en septembre dernier, qu'Il m'a accordé de découvrir une petite chose, le nouvel Espace dans lequel Il se trouve. Ensuite je n'ai plus écrit, parce que le monde changeait.

Je sais à peine parler la langue de cet Espace. Comment me ferais-je comprendre?

La solitude m'a quittée. Le mal, le chagrin m'ont quittée.

Je me suis perdue plusieurs fois. D'abord je l'ai fait doucement, ensuite je l'ai fait follement et j'ai tout, tout oublié. Me perdre était nécessaire. Aujourd'hui je suis au-delà.

✝

Déserts, mes déserts soyez ouverts. Je respire la fleur et l'eau de la fleur. O murmure de nos oiseaux!

Il est triste.

Non des montagnes de musique des choses roses l'attendent, je m'avance.

Ou le calvaire.

Le calvaire c'est le rachat, sur le calvaire il descend jusqu'à moi, le calvaire c'est aussi la montagne rose de la musique.

On s'avance.

✝

Les eaux sont desséchées, le ciel est noir, le vent ne
souffle pas, tout est renversé. Le monde tremble.

                                        Tu sais
à Torano le grand orage. Mais sans orage.

                                    Sans monde.

                                        Il est
peut-être dans la région de l'électricité où j'ai peur de
le rencontrer.

✝

Ah c'est le premier amour, de toutes les élévations
d'amour, de la créature d'amour.

Pour Lui.

Il était la Volonté
Éternelle, il pouvait nous terroriser d'amour nous
accabler de haine et d'amour.

Il a voulu demander notre
amour comme un mendiant à voix basse.

Sacrifier le Fils parce que
moi j'ai encore mis le comble à l'horreur et j'ai crucifié
son Fils

le Fils qui est pourtant dans le sein du Père

et enfin
donner le Fils pour Époux à celle qui a crucifié Dieu
mais qui s'avance gémissante.

✝

Dieu Sauveur dit : j'ai dans mon paradis d'humbles âmes amoureuses comme la tienne. Espère. Regarde. Puisque tu me regardes si bien le visage de ton âme change complètement. Tes yeux sont deux lanternes de vertu, deux phares de perfection.

✝

Couteau, tu me déchires.
Péché.
Ou bien bonté.
J'ai vu
mille petites croix jaunes, bleues ou rouges. Vous
sommeils ne me prenez pas en son absence!
Il n'est pas encore prêt. Qu'elle songe à se faire belle.
Oui toute ma beauté.

✝

Son aspect

      est un Rayon. Son Désir

                  est de me créer
jusqu'à ce que je devienne Dieu lui-même. O mes
yeux de chair, je suis assise avec vous, volant sur le
ciel. O lumière de feu vous percez jusqu'à mes os.
O Parole énorme éternelle on ne t'entend pas. Ma
voix, ma gorge éclatante crient l'immense l'immense
Gloria. Aucune sonorité. Les mondes de la nuée brillent
comme le diamant. Il est au fond. Il m'attend. Ton
obéissance et mes ordres. Tes ordres et mon obéissance. *Ave.*

✝

Te voici mon Époux de Douleur, mon Agneau.
Christ au cœur transparent
                              Époux à ma rencontre
                                             que tu es
proche et doux malgré l'effroyable déchirure et l'impureté et la fatigue et la misère de la pénitente em-
brasée.
                         Oh j'ai gravi, gravi l'échelon
pendant des éternités avant d'arriver.
                                       Paix joie effroi.
Mon Père veille sur moi.
                              Paix joie effroi.
                                    Un rayon plus lointain
de paix va s'avancer et me blesser.
                                   C'est de ton cœur
rouge, il m'a dévorée. Il grandit, il grandit.
   Il m'ouvre. Il n'y a plus d'agneau, il n'y a plus de
Dieu, il y a

Délices!

Il m'a, il m'a.

Il m'a, plongée dans l'Amour profondément, il m'a immergée dans l'Amour amoureusement.

Un matin de juillet 1879, sœur Perpetua fut saisie
par la réalité; tout était vu et par cette voie elle comprenait elle-même; le couvent autour d'elle s'écroula.

La mère Marie-Marguerite de Civezza avait des
yeux et des oreilles invisibles disposés dans les murailles
mais surtout dans les cœurs mêmes des nonnes. Ces
yeux, ces oreilles enregistraient toute la vie de la maison et les sentiments les plus discrets devaient à la fin
devenir sensibles à l'un de ces écouteurs. Avant Perpetua
elle-même, qui depuis plusieurs mois poursuivait son
tendre amour dans l'inconscience la plus virginale, la
mère Marie-Marguerite venait d'être informée du
caractère de passion exclusive et terrestre qu'avait pris
l'attachement de sœur Perpetua pour la novice Blandine.

Rien ne pouvait affecter plus gravement la mère
Marie.

La nature impure de l'affection dûment connue et
examinée, la Mère fut d'avis qu'il fallait interpréter
l'événement comme une indication des volontés pro-

videntielles ; si une âme aussi droite que Perpetua, jusque-là nette comme l'or, et doucement offerte à Dieu selon le vœu de la Visitation, avait subi une déformation aussi affreuse, c'est que la novice Blandine exerçait un rayonnement pernicieux de sensualité, et que pour cette raison et beaucoup d'autres, Dieu ne voulait point la conserver au nombre de ses simples filles.

Perpetua serait brisée, mais épargnée en raison de ses quatorze années de vie conventuelle parfaite. Le péché provenait de la novice, retomberait sur la novice, elle quitterait la Visitation.

Sœur Blandine ne voyait ni n'entendait.

Perpetua pouvait bien mourir seule de chagrin après le jugement qu'elle avait lu dans les yeux de la Mère Supérieure.

La Mère se hâtait. Elle écrivait d'abord à l'Archevêché de Milan de la manière la plus ferme mais avec un certain vague; elle faisait des réserves en général sur le cas de la « vocation insuffisante ».

Ainsi couverte de ce côté, elle s'avança armée de son tonnerre contre les deux coupables; mais cela s'accomplit dans deux cellules séparées l'une de l'autre et le couvent n'entendit rien.

Sœur Perpetua aux yeux blessés par les larmes ne devait plus quitter la chapelle où elle chantait sa douleur et sa misère. Elle savait que tôt ou tard Blandine disparaîtrait, et à cette pensée son cœur battait en désordonné, une douleur aiguë apparaissait sous son sein. Aucun être de ce monde ne pouvait plus lui permettre de la voir, aucune puissance ne détournerait le destin, ne conserverait à Dieu l'âme en danger, et elle-même

Perpetua se sentait coupable d'un crime, mais réel puisque la Mère avait parlé. Elle était brisée, immobile, impénétrable, plus humble que l'eau de la pluie. Au mois de septembre 1879 on apprit que la novice Blandine ne prononcerait pas ses vœux.

L'ANGE BLEU ET NOIR

Paulina Pandolfini arriva à Florence par l'express
du matin.

Il pleuvait à l'aube. Elle descendit à l'hôtel *Città
di Milano* près de la gare. Quelle était cette étrangère
belle et démunie, portant une simple petite valise?
Malgré que le visage Bien-Aimé de Jésus soit sur mon
cœur empêchant l'univers d'entrer, tout cela me tue.
Paulina ne comprenait plus un seul être. Paulina a-t-
elle même un nom? A l'hôtel des *Quattro Pellegrini* de
Bologne, elle s'était trouvée dans une infernale compagnie de gens agités aux yeux fiévreux, mangeant,
buvant du vin et chantant, tandis que des femmes ayant
laissé tomber leurs chevelures sur leurs cous dansaient
de manière abominable. Les sons pervers de l'accor-
déon perçaient encore ses oreilles, l'horreur des yeux
humains excités par la concupiscence restait sur elle.
A ce monde discordant et vicieux comment redonner
son âme? Où fuir? Des gouttes de pluie descendaient
sur son visage tandis qu'elle suivait l'hôtelier mal éveillé
dans les couloirs qui sentent l'huile frite. Si loin qu'elle

fût de la vie par la grâce de Dieu, et si décidée à retrouver une retraite pour s'y ensevelir, elle chancelait devant les choses vraies. Agir était plus atroce que Paulina n'avait pu l'imaginer. Parvenue au numéro 28, le numéro de sa chambre (elle devait garder mémoire éternelle de ce chiffre), elle crut apercevoir une forme, une ombre dans une attitude menaçante; elle se signa. L'ombre disparut.

A genoux sur la descente de lit malpropre, elle priait. Elle resta ainsi sans manger jusqu'à la nuit.

Mon Dieu réconforte-moi en cette solitude. J'obéis.
O mon Époux, tiens toujours embrassée l'humble
épouse. Je suis misérable. Puisque Tu as daigné m'éclairer je te devais ma soumission entière. Je n'ai pas compris
et je suis partie. Me revoilà dans la tourmente des
hommes et des choses. Je ne sais plus, je ne comprends
plus et je vais. Où me mènes-tu? Quelle est ton intention, que j'adore sans la connaître? Par un signe bien
clair de ta volonté, puisque je suis chassée de la Visitation sans aucune raison, tu m'as appris que je devais
rentrer dans le monde. Et maintenant? Certes tu ne
veux point que nulle part je perde le don de voir parfois s'ouvrir l'Espace Mystérieux. Mais qu'attends-tu
de moi? Que dois-je faire? Peut-être que Ta main est
sur mon épaule et me mène avec une passion si jalouse
et une si grande intelligence de Notre amour qu'il est
vain et misérable de ma part de poser une question.
A d'autres moments, pardonne-moi, les souffrances
sont si vives que je dois chercher à m'échapper comme
une pauvre bête. Tu sais que la mémoire du démon

est tenace en nous et dans cette fausse, cette horrible agitation, je retrouve des souvenirs qui font bien mal. Que dois-je faire? Donne-moi un ordre. Que dois-je faire? La Mère de Civezza m'a conseillé d'étudier la Règle du Carmel qui me conviendrait mieux, dit-elle. C'est vrai je suis trop violente, mon Seigneur, trop passionnée et révoltée pour le couvent, et aussi j'ai mené jadis une existence trop impure. Je ne pourrai jamais obéir à leurs ordres, je n'obéirai qu'à Toi. Rien ne change vraiment, rien ne s'efface, rien ne se renouvelle dans notre monde de larmes; c'est seulement dans l'autre monde, le Tien, c'est seulement dans l'Illumination qui tombe de mon Époux que je puis être nouvelle, née d'une naissance sans chair, inutile comme le lys des champs et simplement prête à mourir. Notre Seigneur Jésus-Christ, Fils de Dieu et qui as souffert l'ignominie. Tu ne m'es point ravi, je continuerai seule l'Adoration Perpétuelle devant Toi, je prierai seule pour les péchés du monde et d'abord pour les miens qui si longtemps ont renouvelé la douleur que tu es venu chercher parmi nous. Je mènerai une simple existence, chrétienne et cloîtrée, dans une grande maison solitaire; je serai pauvre et silencieuse; je m'efforcerai d'être uniquement ta fille devant Toi, dans le couvent de son âme et vivant la vie mortifiée que Tu aimes. Je dépends entièrement de la promesse que Tu m'as faite. J'avance vers Toi par la porte de la mort. Ce n'est plus une Visitation, c'est Paulina.

Amen.

La lumière et l'ombre, elle ne les connaissait plus.
Elle était fatiguée par le grand jour. Elle cherchait une
maison dans la campagne. Souvent le courage l'abandonnait et alors elle s'agenouillait au bord de la route.

Les églises, les dômes étaient roses, la ville. Les nuages
passaient petits et solides sur le ciel pur. Ses pas troublaient l'invraisemblable pureté du matin d'automne.
Elle priait en marchant. Midi. Le soir. Un temps étrange,
infini et court, plein de soucis menus, de grands actes
d'amour et de peines. Cirillo lui avait enfin répondu,
il ferait une pension de 6 000 lire, c'était suffisant pour
donner beaucoup et subsister. A Bello Sguardo elle
avait visité une villa humide. La solitude qu'elle éprouvait la faisait frissonner. Secrètement elle portait à ses
lèvres ou à son front la relique de Saint Vincent Martyr
que lui avait donnée Perpetua. Quelle douce fille était
cette Perpetua.

L'automne de 1879 fut jaune. Paulina fourbue con-
templait le couchant, le couchant terrible et cruel, et
ses yeux en étaient épouvantés.

Peu à peu elle alla mieux, c'est-à-dire qu'elle rentra dans notre monde.

Une sorte de gaîté lui arriva après ses longues prières. Elle priait toujours à l'aube, elle faisait l'oraison comme « là-bas ». Ensuite elle sortait et par les chemins d'hiver elle arrivait à des villas monumentales, tristes et délabrées, qu'elle se faisait ouvrir. La grandeur des lieux ne l'effrayait pas. Elle avait résolu de vivre dans une seule pièce. Avoir tout autour des salles qui resteraient toujours vides lui plaisait. Elle désirait l'abandon et l'oubli. Cependant elle ne se décidait ni pour l'une, ni pour l'autre, ni pour la troisième. Car elle avait aussi besoin de gaîté, et rien n'était plus morne que ces grands cercueils de plâtre.

Un matin où le printemps faisait ses premiers signes, en février, elle arrivait à Arcetri sur la colline. Un petit bourg poussiéreux et vulgaire s'allonge entre les villas, il lui déplut. Mais elle avisa la paroi jaune et sévère du *Gioiello*, la villa recluse et tournant le dos au monde. « Monumento storico... È da affittare » lui dit la paysanne.

Elle lut sur la muraille une inscription, avec des lettres grecques : Σὺν Θεῷ. Ces mots fatidiques dont elle perça mystérieusement le sens, déterminèrent Paulina. Elle entra, fut saisie par la grâce vivante de cet ancien lieu. Elle loua pour plusieurs années. Trois mois plus tard Cirillo intervenait et achetait la maison pour sa sœur avec l'argent qui provenait de la vente des biens de Torano. Paulina, elle, ne voulait rien posséder.

Un charme entourait la maison carrée surmontée
du petit columbarium. Presque pas d'ouvertures dans
les murailles. Une terrasse étroite courait devant, bordée
par un mur sur quoi l'on pouvait s'asseoir. Au fond
étaient les cyprès et les fusains dans le bonheur de mai.
Il y avait deux espèces de roses fourmillantes et odo-
rantes ; les roses rouges débordant le mur de la terrasse
montaient de la terre verte en contrebas, elles étaient
le symbole de l'amour pour Jésus ; les autres blanches
minuscules poussaient sur un petit arbre étendu comme
une main qui saisissait le grillage de la chambre bleue
où Paulina avait établi sa vie, et ces roses représentaient
la pureté de Marie. Au bas de la façade le soleil aveu-
glait, l'air était parfumé par les résines chaudes. Paulina
vêtue de noir le respirait et il lui semblait que son premier être se reformait. Ses sens se troublaient, elle avait
le vertige, c'était l'esprit de la nature qui revenait, oublié,
oublié depuis Torano. Enfin elle tombait assise. O paix
ne me quitte point, paix du Seigneur, et Paulina à la
lumière de midi faisait le signe de la croix.

A sept heures la contadina entrait dans la villa. C'était
une grande femme dont le visage tenait du cheval et
du mouton. On la voyait rarement rire. Elle parlait
peu. Pendant les heures de silence établies par Paulina,
elle faisait des gestes convenus.

Nonchalante elle avait l'allure noble dans ses oripeaux
rapiécés et elle s'approchait d'abord de sa maîtresse qui
à l'ordinaire était en prières. La paysanne s'agenouillait
et les deux femmes priaient ensemble, chacune son Dieu.

Il arrivait aussi que Paulina fût à l'église S. Margherita
a Montici, mais elle ne désirait recevoir la communion
qu'une fois par semaine environ. Le pays quand il la
voyait passer disait : *È una Santa.*

Hélas. D'où venait, mon Dieu, cet évincement dont
elle était l'objet? De nouveau le sentiment du désert?
Le désert était plus horrible que jadis. Paulina n'avait
plus d'extases, Il ne la visitait plus jamais.

A mesure que montait le soleil de chaque jour une
couleur funèbre se déposait sans bruit sur les choses
et descendait au cœur des êtres, ces êtres et choses dont

la grande beauté aurait dû au contraire en chaque instant, comme un long chant rituel, annoncer la venue éblouissante du Sauveur. Je suis seule pour la première fois au monde. L'abandonnement, la détresse de manquer d'un être à aimer, ce n'étaient que faibles souffrances en regard de la peine spirituelle : comme si un crépuscule des Grâces s'accomplissait dans son cœur.

S'imposait-elle une loi trop dure (silence, abandon, pauvreté)? Mais sur quelles autres mortifications asseoir « son couvent » intérieur? Hélas on ne fait point un couvent à soi seule. Il n'y a qu'un Saint qui puisse être seul dans la forêt. Alors pourquoi cette vie dans un lieu splendide, avec les collines, les champs d'oliviers, les églises, toutes ces affreuses douceurs? Au contraire c'est l'esprit de mollesse qui me perd, je devrais jeûner, mettre le cilice chaque soir. L'essentiel s'éloigne. Paulina ne pouvait pas davantage se réadapter à l'existence vulgaire. Oui la terre était si belle. Son âme était si exilée. Tout de même Paulina avait appartenu à Dieu.

Elle travaillait son âme, elle s'acharnait. Et chaque
effort semblait éloigner encore le Ciel. Elle n'avait
point voulu prendre un directeur de conscience, afin
de n'introduire personne dans son débat avec Dieu,
et se confessait à plusieurs prêtres différents qui ne lui
étaient d'aucun secours. Dieu se retirait, aucun mortel
ne pouvait prendre une part de l'angoisse du cœur
trahi. Elle revenait sur Dieu avec une amoureuse passion
désespérée. Viens, viens, reviens, reprends-moi, visite-
moi de ton saint baiser, je n'ai pas changé, je n'ai pas
démérité de toi, baise mon âme, je me tiens prête,
j'embrasse ton sacré côté. Elle avait parlé tout haut et
elle entendait sa voix dans le jardin, implorer l'invisible. C'était en juin. La végétation encore neuve éprouvait sous le soleil conquérant sa plus grande ardeur.
Paulina respirait les dernières roses. A la fois désolée,
ranimée et aveugle. Un décret divin a été rendu contre
moi, se disait-elle, il faut attendre avec patience. Mais
elle arriva à douter de la volonté de Dieu, enfin de

l'existence de Dieu même. La commotion qu'elle ressentit! Elle dut s'aliter pour plusieurs jours. Ensuite elle entra dans un jeûne sévère et communia chaque matin durant tout un mois après avoir passé la plus grande partie de la nuit en prières, sous le cilice. Où était Dieu?

Sous la muraille penchée, dans l'odeur étouffante et la grisaille de la poussière, en été. Elle était là. Près de la petite porte du couvent des Clarisses. Terre sèche et pas d'ombre. Je brûle. Pas un oiseau n'est encore vivant sur mon désert clair. Porte toujours fermée. Je suis assise, les marches, la terre, les traces de pas, la cendre. La vanité de toute chose humaine, tout revient à cette cendre chaude. On est perdu. Mais le ciel. Le ciel aussi grand, aussi pur, aussi glacé que la terre est petite et brûlée. Je voudrais me tuer pour le ciel. Le ciel petit à petit devient Dieu ou est-ce seulement toujours de l'air, du ciel? Le ciel m'entoure de son appel, le ciel me prend. Le ciel me tue. Le ciel! j'ai besoin du ciel. Le ciel sera l'éternité. Dieu est-il autre chose que le ciel. Suis-je autre chose que Dieu. Je serai éternellement bleue. Les insectes de la méchante terre font le bruit de la mort. Pourtant vue d'ici, la couleur de ces grands pays là-bas touche à la couleur du ciel. Hélas, ce ciel est de l'air. Ce ciel et moi, qu'est-ce que cela veut dire? J'ai mal. Je suis serrée entre les brûlantes murailles de la mort. Ciel, au secours Ciel!

Laudato sie Misignore cum tucte le tue creature
Spetialmente messor lo frate sole
Lo quale iorno et allumini noi per loi...

Elle sentait, tandis qu'elle marchait à l'aube vers
S. Margherita, qu'entre elle et son Dieu s'était reformé
l'écran de verre et cette fois pour toujours; car la substance de cet obstacle transparent était désormais tout
humaine, composée pour ainsi dire de la sincérité de
son cœur. Sincère elle savait que l'on ne peut jamais
s'unir à Dieu. Menteuse elle pouvait...

Elle rentra, passa dans la chambre bleue, ouvrit son bureau à écrire. Dans le tiroir secret que l'on manœuvrait par un ressort de bois, elle prit une photographie pâle et charmante, elle à quinze ans, en crinoline blanche, appuyée sur un faux arbre, sa jolie figure d'animal sauvage, sa jeune taille, et tout le feu de l'enfant morte. Elle écrivit sur le carton : Florence, Il Gioiello, juin 1880, glissa la photographie dans une enveloppe, mit l'adresse : Al Signor Conte Cantarini, Milano. Via... Elle avait oublié la rue.

Ombre, ombre, comme tu arrives pour couvrir le ciel!

La solitude était devenue affreuse, le doute se glissait par toutes les fissures et brisures.

La paysanne voyait changer le visage de sa maîtresse et « la maladie lui venir ». Les yeux de Paulina s'éteignaient dans leur cerne bleuâtre, le front s'assombrissait, il faisait toujours nuit en son cœur; quand on passait sur la terrasse l'après-midi, on l'entendait pleurer dans la chambre bleue.

Elle n'allait presque plus à l'église.

Enfin on sonna au portone, un jour, un matin.

Paulina embrassait la relique de Saint Vincent. Elle fit un pas au-dehors. Ce n'était rien. Ou c'était quelqu'un. Une lettre. Non. Derrière la contadina s'avançait un homme. Paulina bondit comme une bête à l'intérieur de la maison. Si Dieu avait voulu qu'elle se trouvât au premier étage, elle se serait précipitée par la fenêtre. Mais elle était assise sur son lit. Son cœur lui sortait de la poitrine. Elle courut. Elle heurta Michele dans la porte de la chambre bleue.

Il entra. Tout devint noir, puis elle le revit. Tout
devint noir encore une fois. Et lui, toujours lui. Quel
effrayant rêve. Elle fit un effort pour le reconnaître.
Elle tendit la main. Lui serra d'abord la main. Puis il
embrassa la main avec dévotion, ce qui la terrifia. Elle
recula comme s'il l'avait offensée. Elle vacilla et s'abattit
dans ses bras.

Elle entendait le bruit de la mer, ses lèvres étaient
vidées de sang, ses paupières battaient comme volètent
des oiseaux tombés du nid.

Il la fit asseoir. Il dit : Me pardonnez-vous d'être
venu? Elle fit signe que oui.

Elle perdit connaissance.

Elle se retrouva couchée. Il lui tenait toujours la
main.

Ils ne se parlaient pas. Leurs yeux posaient des questions et répondaient aussitôt. Elle apprenait ainsi qu'il
avait vieilli, qu'il avait pleuré bien des soirs et passé

mainte nuit sans sommeil, que la gloire n'empêchait pas la défaite, qu'il ne croyait plus à rien. Lui apprenait qu'elle avait été touchée un instant par la grâce de Dieu, qu'elle avait vu Dieu, et maintenant se trouvait dans cet état où il la voyait.

— Je vous ai cherchée si longtemps, en m'interdisant
de le faire, qu'il m'a semblé permis de venir, de venir
après avoir reçu ce signe de vous, votre visage d'enfant.

— Vous avez bien fait de venir.

— Je connaissais votre retraite et la route que vous
avez suivie pour y arriver. Pardonnez-moi si je n'osais
pas frapper à votre porte, ni vous écrire même.

— Je désirais vivre dans la solitude comme au couvent.

— La photographie a fait trembler mes mains. Le
cœur a débordé de joies et de peines. Je n'ai pas pu
résister. Il fallait venir.

— Ne bougez pas. Restez à mes pieds, Michele.
Il me semble que je vais mourir.

Pas un mot de plus.

L'ami du père de Mademoiselle fut logé dans une chambre du premier étage.

Ils se reprirent le troisième soir.

Paulina se livrait au nouvel amour avec une ardeur
de démon. Je me perds. Je me perds. Ne parlons plus.
Ne parlons plus. Puisque nous allons mourir. Elle
priait toujours. Elle priait en dehors et à côté. Plus
d'unité et plus d'espoir d'unité. Le déchirement éternel.
La vie c'est l'ouragan de la perdition. Voici mes derniers
instants. Toutes les branches sont arrachées, les routes
sont forcées, les maisons en ruine, le Christ est abattu
en travers du sol. Encore une fois frappe, et de la même
main donne un terrible bonheur, mon Dieu. Mais
ne me laisse pas une seconde sans fureur et sans épreuve.
Je ne suis pas lasse de souffrir. Bien des parties de mon
être n'ont pas encore éclaté sous la douleur. Je suis
à genoux comme le condamné à mort de sainte Catherine et c'est toi qui comme la Sainte tiens ma tête et
vas la recevoir entre tes mains pour l'éternité.

Que ton exécuteur frappe, et frappe, et frappe!

A sa suite, Michele Cantarini enivré et étourdi essayait de courir avec la même jeunesse que jadis, de guérir ses blessures. L'âge venait. Ce cœur d'homme s'était longtemps concentré sur sa défaite et plusieurs mensonges qu'il avait cultivés se montraient comme des mensonges.

Il avait assez de noblesse et d'inquiétude pour, à cette heure de sa vie, implorer, demander par pitié que Paulina le guidât vers un monde surnaturel. A travers la flamme du cœur, briser, tuer enfin le monde de la vanité, de l'apparence et de la douleur! Elle lui communiquait la grâce, dont elle ne jouissait plus. Il n'osait pas lui parler de Dieu. Il écoutait timidement, derrière une porte fermée, la respiration merveilleusement profonde de « celle qui a vu le Maître ».

Aube du 27 août. La nuit avait été brûlante et sur le
ciel de cendres le soleil allait reparaître. Le comte était
encore dans la chambre de Paulina. On entendait
quelques oiseaux parmi les hauteurs les plus rafraîchies
et légèrement violacées de l'atmosphère. Il y avait une
ardeur éteinte sur les arbres. Michele et Paulina atten-
daient le jour. Elle recouvrait pudiquement avec un
grand châle à fleurs son corps qui avait dormi seulement voilé d'une chemise. Une dure tristesse les laissait ensemble et séparés sur la rive de ce matin-là, tandis
que l'eau de la nuit se retirait, avec le sentiment de la
lâche habitude et la perception désespérée de la vérité
qu'on ne dit pas, qu'on ne pourrait pas même confesser
à l'heure de mourir et qui peu à peu prend la couleur
de la haine. Cependant le comte parlait et Paulina
répondait. « Tu es pâle, belle et muette comme une
statue, disait Michele. — Cette nuit chaude m'a fatiguée. — Je vais aller dans ma chambre et tu reposeras
encore quelques heures. »

Et comme il prononçait « quelques heures », la vision

se produisit. Angoissée Paulina s'assit sur son lit. Au milieu du mur, là, en face, en lettres de lumière, une phrase était écrite et bougeait légèrement, mais Paulina avait bien le temps de la lire.

« Dans quelques heures... Dans quelques heures... » Elle ne voulait pas lire la suite, les trois autres mots! Elle ne voulait pas les comprendre! Elle trembla du bout de son corps à ses cheveux, un premier frisson, puis un second frisson. Le comte marchait vers la fenêtre, il n'avait rien vu.

C'était un ordre qui était écrit sur le mur.

Elle se frotta les yeux, il n'y avait plus rien.

Elle fit un effort pour détourner sa pensée. Elle sortit du lit et arrivée près de la fenêtre elle passa son bras autour du cou de Michele. « Je me lève. Je n'en peux plus. Sortons. Nous marcherons au petit jour dans la campagne, voulez-vous? »

Michele songeait que pendant la nuit il l'avait encore une fois pressée d'accepter le mariage, et que cela sans doute la rendait si nerveuse

III

L'après-midi elle prétexta une raison de descendre
en ville, et partit seule. Elle prit par la porte San Giorgio.
Les jardins vers le soir étouffaient. C'était la tristesse
de la canicule. En passant sous la petite porte elle songea
qu'elle eût pu être une femme heureuse si tout n'avait
pas commencé par le mensonge. Elle voulut dire une
prière parce qu'elle avait peur. Une prière qui débute
par *Ave* ou par *Benedictus*. Elle avait oublié. *Ave* voulait
sortir de ses lèvres, mais *Benedictus*, *Benedictus* l'en empêchait avec violence. Quelque chose ou quelqu'un
ajouta : tais-toi. Elle lui répondait en suppliant : laissez-
moi prier, je vous en prie, j'en ai besoin.

Dans la Costa San Giorgio elle heurta un homme
qui sortait d'une maison, à celui-là elle dit : Laissez-moi
passer, je vous en prie. L'homme déclara par la suite
qu'elle avait l'air égaré.

Elle joua fort bien son rôle dans la boutique du
marchand. « Je suis seule à la campagne. J'ai besoin
d'un revolver, car j'ai des frayeurs la nuit. »

Le regard du marchand se posa sur l'étrangère, l'inspecta, Paulina soutint ce regard avec impatience. Invitée à décliner son nom et sa qualité, elle le fit. Le marchand déballa ses meilleures armes. Voici Madame un article de choix, et un autre à bon marché; voici un Colt automatique américain. Paulina apprit le maniement et acheta le plus petit modèle. Ce n'était qu'un paquet sous son écharpe.

La chaleur devenait de plus en plus épaisse après le coucher du soleil.

Elle rentra épuisée. Elle jeta le petit paquet sur son lit.

Puis elle s'apprêta comme chaque soir pour le dîner avec Michele, qui serait servi sur la terrasse. Les grillons faisaient partout leur musique. L'obscurité tombait. Ils se mirent à table dans la nuit. Paulina fit mine de manger et ne prit rien. La contadina remarqua qu'ils ne s'étaient point parlé pendant toute la durée du repas.

Plus tard Mademoiselle eut un grand frisson, il fallut lui apporter un châle.

Plus tard encore le comte alluma un cigare et parla de ses affaires, d'un livre qu'il avait à l'imprimerie.

Michele la suivit dans sa chambre.

Il l'embrassa.

Les angoisses, les idées terribles, la folie s'éloignèrent un instant à cause des bougies allumées.

Elle lui demanda de la laisser seule pour sa prière. Elle pria Dieu qui l'avait tant assistée jadis, qui l'avait illuminée par de si grandes lumières, afin qu'Il lui accordât au moins le courage et la patience d'obéir droitement à la nécessité qu'Il voudrait lui faire connaître.

La nuit est emplie par le souffle du dormeur. La nuit est emplie par son souffle, et par l'orage qui roule au loin et n'éclate pas.

Il respire longuement, posément, c'est un dormeur dans le plus profond sommeil.

Il ne fait pas un mouvement même quand le tonnerre se rapproche.

Il n'y a pas d'éclairs. Elle ne voit rien.

Le tonnerre s'en va, revient, il est encore très éloigné. Paulina est assise sur le lit hagarde, entourée par les fantaisies sinistres qui se forment dans la noirceur des nuits chaudes.

Elle a rêvé qu'elle revoyait les lettres sur le mur, avec l'ordre écrit. Elle a rêvé, ou est-ce vraiment écrit sur le mur? Subitement la sueur sèche le long de son dos, elle a froid.

Sa poitrine est gonflée d'une angoisse inexprimable. Si je réveillais Michele. Il m'embrasserait, il me calmerait.

Une heure se passe ainsi. Elle reste assise. Elle sent le va-et-vient du souffle contre sa hanche. Elle sent son propre cœur.

Elle revoit très rapidement son enfance, comme si un ruban d'images se déroulait. Le père Bubbo apparaît plusieurs fois, de plus en plus triste et sévère. Son enfance reprend sous la forme de paysages minuscules tout à fait contre ses yeux. Puis des choses indéfinissables. Elle s'en débarrasse.

Un coup de tonnerre.

Elle met une jambe hors du lit, pose son pied sur le carreau, éprouve le froid, cela la réveille.

De larges gouttes tombent sur le rebord de la fenêtre; elle remarque le petit bruit déchirant de chacune des gouttes sur le fer du grillage et sur la pierre.

Un peu de fraîcheur.

Tout devient plus net. Une sorte de rayon noir accourt et tombe sur elle. Elle sort doucement l'autre jambe du lit, elle est debout.

Avec une sûreté complète de mouvements, car tout cela est depuis longtemps décidé et réfléchi, elle passe entre les meubles sans en heurter un seul, elle glisse, elle parvient à sa coiffeuse. Là elle s'assied.

Son corps sous la chemise ressent de l'air. Mon Dieu, c'est un peu de fraîcheur.

Un geste qu'elle a étudié la veille afin de le faire du premier coup lui permet d'ouvrir le tiroir sans le plus petit grincement. Il faut appuyer à gauche et soulever. Le tiroir est ouvert. Elle trouve ce qu'elle y a mis avant de se coucher.

Elle se retourne.

Elle contemple le dormeur enfoncé dans l'obscurité

des rêves. Le tonnerre s'est éloigné, le dormeur respire. Qu'est-ce que j'éprouve pour lui? Est-ce de la haine? En vérité le sentiment qu'elle éprouve est tout à fait ancien. Allumerai-je la bougie? Mais il n'y a pas besoin de lumière. Elle sent de nouveau le rayon noir qui accourt et se pose sur elle.

Comme sa chemise tombe de son épaule et découvre un sein, elle se rajuste. Depuis une semaine elle est pure de toute lubricité. La pureté du corps est exigée pour agir. Tenant l'objet contre sa poitrine elle s'avance, elle refait le voyage entre les meubles dans le sens inverse, la voilà au lit, elle est assise près du dormeur.

Combien de temps encore?

Il est probable qu'elle ne pense à rien. Peut-être est-elle endormie. Ensuite viendra la Volonté.

On ne peut pas dire pourquoi. Il est temps. Elle arme sous l'oreiller. C'est dur. Pause. De nouveau la question : est-ce que je le hais? Le revolver armé est proche de son sein.

Le dormeur remue.

Elle écarte son bras, elle attend le bras levé, elle a toute la patience nécessaire. Michele se retourne. A présent il offre son dos très large et Paulina peut distinguer ses cheveux; en dessous, cette partie plus claire c'est la nuque.

Oui je le hais.

Eh bien soit, j'aurais préféré dans son cœur, mais je ne vais pas refaire le tour du lit.

Elle met doucement le canon très près de la nuque,

maintenant l'arme avec une main; et avec trois doigts de l'autre main elle prend la gâchette.

Elle appuie. Elle tire.

La détonation l'effraie.

Le dormeur n'a pas fait un mouvement. Elle entend encore sa respiration. Rraâh — Rrauh...

Une minute.

Deux minutes.

Moins fort.

Le souffle est arrêté. Non, il reprend? Qu'est-ce que ça veut dire? On ne sait plus. Est-il mort? N'est-il pas mort?

Savoir, il faut savoir! Elle hurle, elle se jette hors du lit.

Sans précautions elle courait, renversait les meubles, allumait plusieurs bougies.

Elle ne regardait pas par là.

Dans sa terreur elle croyait qu'il allait se lever, marcher sur elle : « Qu'est-ce que tu m'as fait? »

Elle aperçut d'abord le revolver, abandonné sur le drap, à la place qu'elle occupait. Petit objet noir de rien du tout. Une paix merveilleuse descendait dans la chambre. Elle vint contempler Michele.

Elle n'éprouvait plus de terreur, mais un sentiment bizarre, une sorte d'impression fausse. Il était enfoncé, les yeux bien clos, blanc et les mains presque jointes.

Il dormait vraiment. Pas de bruit. Sous ses cheveux la petite plaie rouge pas plus grosse qu'un bouton de bottine. Comme il était calme. Elle l'enviait. Elle le déplaça doucement, il se laissa mettre à plat sur le dos.

Elle se signa, s'agenouilla et commença les prières.
Mais dès les premiers mots l'effroyable rideau était
déchiré en deux. Il y eut d'abord un choc dans l'intérieur
de son esprit, un flot de sang vint à son visage, puis elle
poussa un cri, un seul cri, celui de la bête qui voit la
mort. Comme son cœur se mettait à battre un roulement
continu, la chambre bleue tournoya. L'Enfer s'ouvrit.
Paulina s'abattait dans l'angle le plus reculé, là elle perdait connaissance. Un peu après elle était accroupie,
bestiale, le regard enfoncé dans le corps de sa victime.
L'Enfer. L'Enfer. L'Enfer. L'Enfer. L'Enfer éternel.

Je l'ai aimé. Je l'ai toujours aimé. L'amour pour cet homme fut le sentiment unique de toute ma vie.

Oh toi, tu es mort? Comment, il est mort, je vais le ressusciter. Oui je t'ai tué. Tué. Je l'ai tué, pourquoi? Est-ce que l'on peut savoir? Est-ce qu'on peut deviner? Parce que je l'aimais trop. Non, parce qu'une folle mon ennemie a pris le revolver. Oh, oh, oh mon doux Ami. Non c'est parce que Dieu a conduit ma main. J'ai lu, j'ai bien lu ce que Dieu a écrit sur le mur : DANS QUELQUES HEURES TU LE TUERAS. Dieu haïssait cet homme parce qu'il était mon amant. Alors je haïrai Dieu! Cet homme endormi, mes chères sœurs, il ne croyait pas en Dieu, c'était son malheur.

Mon doux aimé, ce n'est pas cela, ce n'est pas du tout cela! Je rêve. Tu vas t'éveiller et m'embrasser.

Pardonne-moi pour cette peur que je t'ai faite.

J'entends une voix épouvantable crier « à l'assassin! » mais c'est ma voix, tu sais, c'est ma voix.

Tu n'as pas du tout souffert.

C'est ma consolation. Michele, créature d'amour.

Ne m'en veux pas, je te supplie, pardonne-moi pour l'éternité. L'Enfer m'attend. C'est Lui, l'impitoyable, qui m'a poussée, qui m'a forcée, qui a conduit mon bras, qui a appuyé sur la gâchette, maintenant il me jettera en Enfer.

Mais tu vas me pardonner. Toi tu seras meilleur que Dieu. Paulina reprit en joignant les mains : Michele, je ne peux pas savoir pourquoi je l'ai fait.

Il fallait que Michele lui pardonnât d'abord. Elle croyait comprendre le langage des morts, elle épiait le signe, mais le signe ne se produisait pas.

Le signe ne se produisait pas.

Elle sortit de son coin, ferma la fenêtre et les volets de bois intérieurs, car une atmosphère grise commençait à se former, le jour. La chambre bleue fut ramenée dans la nuit; elle prit deux bougies et les plaça près de la tête. C'est machinalement qu'elle faisait ses gestes et se déplaçait « comme avant ». Peut-être suis-je dans un cauchemar, un de ces cauchemars ressemblants épouvantables. Elle éprouvait une lassitude extrême dans les jambes et le dos. Elle s'enveloppa de son châle. Elle alla prendre le crucifix de son prie-dieu et le plaça entre les deux bougies. Une des bougies allait s'éteindre. Elle la remplaça.

Il semblait heureux et calme. Un mouvement d'allégresse saisit Paulina : je l'ai délivré, je l'ai délivré. Elle apporta un peu d'eau dans une cuvette, lui lava doucement les yeux, le visage et les mains. Je l'ai délivré, mais il faut obtenir qu'il me pardonne.

Elle prit son paroissien, récita d'un bout à l'autre les prières pour les morts. La mort n'a pas de vérité réelle. Le Christ nous attend et nous juge. Je t'ai délivré de la fausse vie, dans laquelle je gémis encore. Oui j'ai eu cet affreux courage. Tu me pardonnes. C'est bien.

L'essentiel est que je ne te quitterai pas, car sais-tu, je suis sur la marche de la porte de la mort, tandis que tu es, toi, à l'intérieur de la porte, et je viens, je viens mon bien-aimé, malgré que la marche soit dure à franchir.

Des coqs chantèrent partout.

Paulina, son visage enfoui dans le lit, poussa un gémissement, elle se réveillait d'un cauchemar atroce, d'un cauchemar de meurtre; mais Michele, elle le sentait avec la main, était tout endormi à côté d'elle, rien, rien, rien à craindre, tout était bien, tranquille, le cauchemar s'en allait, le matin venait, Michele, parle-moi, Michele. Je veux que tu te réveilles tout de suite.

La nuit et les bougies.

— Aaahouh!

Je l'ai tué. Le voilà mort dans mon lit. Il faut cacher le revolver. Idiote! c'est inutile. Il n'y a pas de sang. Il est mort sur le coup. Les gens vont arriver très vite, ils sentent le meurtre de loin. Dans une heure je serai arrêtée. Ils me demanderont pourquoi. Je répondrai : parce que je l'ai tué. J'ai tiré le coup par derrière, c'est pourquoi je ne peux rien leur cacher, je ne peux pas dire « il s'est tué lui-même devant moi », non je ne peux pas, c'est ennuyeux, c'est terrible, je suis obligée de dire la vérité, tandis que si j'avais tiré dans son cœur ce ne serait pas la même chose.

Elle se trouvait devant son miroir, regardant sa figure sans âge, sa figure inconnue, et alors elle *comprenait* enfin, mais l'énigme n'était que plus haute et plus ténébreuse. Elle ne savait point pourquoi elle avait tué Michele son amant qu'elle aimait, mais elle voyait que les choses étaient, que les choses, simplement, étaient. Elles étaient parce qu'elle, Paulina, les avait faites.

Mais pas le déshonneur sur Paulina Pandolfini vivante!

Ses jambes de plomb la portèrent vers le lit. Néant ou Dieu elle saurait bien. Quand elle prit le revolver, son corps lui refusa le service, elle tomba à genoux. Non, pas à côté de lui! Elle se traîna jusqu'à sa coiffeuse, s'assit encore une fois devant le miroir. Paulina Pandolfini, vieille femme de trente et un ans. Elle découvrit son sein gauche, cette poitrine qu'elle aimait, le revolver fut appliqué en dessous, enfoncé dans la masse charnue. Impossible de savoir ce qui allait se produire. Vite, vite, qu'est-ce que la mort?

Elle tira et tomba en avant, sur le miroir.

Paulina Pandolfini.

Née à Milan le 14 juin 1849. Fille cadette de Mario
Giuseppe Pandolfini et de Lucia Carolina son épouse.

Célibataire sans profession.

A séjourné comme novice dans le couvent de la
Visitation à Mantoue de 1877 à 1879.

A tué à Florence, le 28 août 1880, son amant le comte
Michele Cantarini.

Condamnée par jugement de la Cour de Florence
en date du 12 avril 1881, à vingt-cinq années d'empri-
sonnement. A purgé sa peine dans la prison judiciaire
de Turin jusqu'au 15 juin 1891, date à laquelle elle fut
grâciée.

AU SOLEIL

Settignano est un village vide et clair près de la forêt
de Vincigliata. La forêt des cyprès se termine sur les
pentes de sable qui touchent aux dernières maisons.
Les genêts, ornement des routes dans cette forêt déli-
cieuse, arrivent aussi jusqu'au village. La forêt est formée
d'arbres noirs et de ciel bleu comme dans la légende.
La bourgade n'a pas d'importance. Une place ouverte
de tous les côtés avec une ancienne église, une rue
montante, et de part et d'autre des villas que personne
n'occupe. Mais il fait très clair. Par ici les collines ont du
charme, elles sont chargées de cultures mélangées :
olivier, vigne et blé. Par là c'est la plaine et bientôt
la banlieue de Florence si vous marchez pendant un
quart d'heure. Le soleil est doux à partir de février,
dur en été. En hiver souffle la tramontane. Pendant
huit mois sur douze les bonnes gens se chauffent près
des murs. Dans ce village on voit quelques figures
douces sans histoire, ou dont l'histoire est entièrement
morte, traverser la place avant midi et vers le soir,
fréquenter l'église le dimanche. Parfois ces personnes

vieilles et effacées poussent jusqu'aux chemins de la forêt et les paysans qui travaillent dans les oliviers les saluent par leur nom. Pour revenir elles prennent les chemins d'herbe entre les murailles, où la lumière est nette et forte. Puis elles rentrent, tout est vide. Silence. La chaleur de l'après-midi vient après la clarté de la matinée. En 1896 un étranger bourgeoisement vêtu suivait l'une des ruelles. Au bout d'un long mur il avisait une maison pauvre : deux fenêtres en haut, une fenêtre en bas et la porte. Il remarquait que la fissure dans la façade s'était agrandie depuis l'année dernière et il poussait la porte comme un familier du lieu. Il suivait un couloir malpropre et il arrivait dans une cour; là se trouvait entre des bâtiments misérables une charmante arcade ancienne, reste déchu d'une belle villa, et à l'ombre de l'arcade une paysanne était assise, épluchant des pommes de terre. Cette femme se levait pour accueillir l'arrivant, et un doux étrange sourire donnait à son visage une signification imprévue, comme si dans la paysanne apparaissait un être qui n'avait rien de paysan. Elle portait un corsage noir de toile grossière, car l'été commençait, une jupe sale et un tablier fait avec un sac. Sur ses épaules, seulement, un morceau déchiré d'un châle à fleurs qui avait été beau. Elle était âgée, sans avoir la cinquantaine; elle était plutôt usée. L'âge de cette femme troublait quiconque la regardait. On remarquait que ses cheveux blancs, tirés en bandeaux, gardaient un beau mouvement naturel. La paysanne offrit sa main à l'étranger qui la serra avec effusion et s'assit. L'étranger gardait la main de la femme prisonnière dans ses deux mains. Après un instant la paysanne retira sa main abîmée par les grosses besognes, dont les ongles étaient chargés de terre, et la laissa tomber sur son tablier. L'étranger dit quelques paroles, elle répondit. Mais oui ils étaient aussi contents l'un que l'autre de se revoir. Elle continua de peler ses pommes de terre, en adressant parfois à son visiteur un sourire sans raison et sans but qui exprimait sûrement quelque chose de profond dans son cœur. L'étranger venait de loin, il avait voyagé toute la nuit, il était fatigué. A peine l'avait-elle compris que la paysanne se levait, essuyait ses mains sur son tablier et passait dans la petite cuisine qui donnait sur la cour. Elle revenait avec un fiasco de vin, un verre, un cruchon plein d'eau fraîche. Vous avez soif, mon ami, par cette grande chaleur. Et que vous offrirai-je à manger? Mes provisions ne sont pas bien variées, mais voici ce que j'ai. Il répondait : Chère, chère Marietta, de l'eau seulement, avec un peu de pain et de fromage. Elle disait : J'ai du « bel paese », très bon. Elle le faisait entrer dans une salle sombre, meublée d'une table, de deux chaises et d'un buffet de bois blanc, sur les murs des chromos représentant des vues de Florence, et un crucifix. Elle servait son hôte à la table, sans montrer de hâte et sans rien oublier. Elle avait aux lèvres son lointain sourire, ne disait rien. Insensible et douce comme si elle dormait en marchant. Son calme visage n'avait que deux expressions : la pureté inanimée et le sourire. L'étranger ne la quittait pas du regard. Ce n'était pas seulement parce qu'il l'aimait. Il voulait passionnément retrouver, ranimer, ressusciter quelqu'un. Il n'avait pas encore dit ce qu'il avait sur le cœur, mais il le dirait. La paysanne ne semblait pas incommodée par l'insistance avec laquelle on la regardait ; elle était pour ainsi dire exposée à endurer de tels regards depuis longtemps, comme si quelque grand malheur de sa vie eût toujours été derrière elle. Ils parlaient maintenant de choses simples, du temps qu'il faisait, de ce que serait la vigne cette année, du commerce ici et là-bas, à la campagne et à la ville. Puis elle dit : Voilà bientôt cinq mois que vous n'étiez pas venu. — Écoutez, je voulais venir à Pâques ; une affaire m'a retenu à la dernière minute, c'est toujours comme ça. Mais je vous ai écrit : deux fois. — Et moi je ne vous ai rien répondu, je suis une mauvaise épistolière. — Ce n'est pas bien. Ma femme, les enfants parlent toujours de vous. On se demande : comment va-t-elle ? comment peut-elle vivre ? — Oh très bien. — Sont-ils un peu moins mauvais, ceux d'ici ? — Oui plutôt. — Est-ce qu'ils vous vendent ce dont vous avez besoin ? — Quelquefois. Ne vous inquiétez pas, Marco, ça ne fait rien. J'ai l'habitude à présent. Elle ne souriait plus et la vie de son visage semblait encore une fois évanouie, disparue. Marco reprenait : Est-ce qu'on vient vous voir de temps en temps, quelqu'un ? — Jamais. — Toujours seule. — Toujours seule. Le repas de l'étranger était terminé. Et il ne disait pas à Marietta ce qu'il avait à lui dire, ce que là-bas parmi les siens il avait pris l'engagement de dire. Il avait envie de l'embrasser. Il était son seul ami sur la terre. Et probablement lui et les siens étaient-ils les seuls êtres qui eussent pour elle des sentiments naturels, humains. Ah comme la faute, en ce monde, est mal pardonnée. L'étranger alluma le long cigare tordu qu'il avait tiré de sa poche, il entendait en lui-même les propos qui se tenaient sur la place du village : « elle a volé dans un couvent », « c'est celle qui a tué son amant dans la chambre de son père », « enfin elle a fait dix ans de prison à Turin, *è una donnaccia!* » La paysanne au visage de cire était revenue dans sa cour, elle reprenait l'épluchage des pommes de terre. Non je ne viens pas bien souvent, c'est vrai, disait Marco. Mais là-bas, mon amie Marietta, vous ne savez pas combien ils pensent à vous, ceux qui vous aiment, comme moi. Je me dis souvent : qu'est-ce que je pourrais faire pour elle? Ah, si vous m'écoutiez, moi Marco. Si vous veniez avec moi, oui, à Turin. Si vous quittiez ce pays maudit. Je me dis toujours : si j'allais la chercher? Elle se laissera convaincre, je la ramènerai. Mais quand je suis devant vous, Marietta, quand je vous vois, quand je vous vois... Il passa la main sur son front. — Non je resterai ici, je vous remercie bien, c'est ici que je dois rester. Jusqu'à la fin. — Mais vous êtes jeune encore, protestait Marco, et voilà ce qui me fait peur, on dirait que vous êtes déjà endormie du dernier sommeil! Souffrez-vous? Êtes-vous malade? Y a-t-il des soins à vous donner, Marietta! Parlez. Moi je vous aime comme une maman ou comme une sœur, je ne sais pas, et aussi comme autre chose de plus beau : comme une victime, celle du destin, enfin je ne peux pas exprimer... La grande pitié de votre vie, elle a été pour moi comme un soleil qui éclaire toutes sortes de choses. Laissez-moi vous retirer d'ici, vous emporter, vous soigner. — Vous me gâteriez comme jadis quand vous veniez me voir au parloir? — Oui, comme jadis. Il lui prenait les mains pour faire passer en elle sa conviction, sa volonté. Il voulait la tirer d'un puits. — Marietta, assez de cette paysannerie, vous l'avez supportée avec courage, mais vous n'êtes pas une paysanne. — Marietta est une paysanne. — Mon amie revenez avec moi, vous êtes malade. — Je n'ai aucune maladie. — Mais vous parliez tout à l'heure de votre fin! — Je crois que ma fin est prochaine, oui, à cause d'autres raisons, mais aujourd'hui je me porte bien. — Marietta, vous me désespérez. — Non je veux que vous soyez joyeux, Marco. Tout est bien ainsi. L'étranger se tut. La pâle douceur de cette femme répandait une influence pernicieuse qui paralysait la volonté et absorbait même le chagrin. Une fois de plus vaincu. Il y a une barrière mortelle entre elle et nous. Penser que ces deux mains calleuses que je regarde ont été deux jolies mains et que ces mains ont tué! Et penser que dans la créature éteinte que voici il n'y a rien, il n'y a plus rien qui puisse concevoir l'idée de meurtre, mais aussi rien, rien qui lui permette d'oublier le meurtre accompli. Marietta lui dit : Je sais à quoi vous songez, Marco. Il ne faut pas. Laissons tout cela. Elle continua tranquillement : Après que j'ai tué le comte en 1880 j'ai voulu me tuer, vous le savez. Je me suis ratée. J'ai souvent pensé à cela dans la prison. J'y pense encore. Était-ce juste de vouloir mourir à ce moment-là? Je ne crois pas. Il fallait qu'il y eût ces longues longues années de prison, qui les eût portées à ma place? Tout est très mystérieux. A la prison on fait ce que l'on doit. Et cela aussi, mon ami, s'est bien éloigné. Non, reprit-elle un peu plus vivement, n'ayez aucune inquiétude pour ma santé. Mon appétit est bon, je travaille facilement, je ne fais plus de mauvais rêves la nuit, et les jambes sont meilleures. La vie s'arrange. — L'étranger voyait revenir en lui le sentiment qui avait assombri la fin de toutes les précédentes entrevues : l'intérêt s'épuise, il n'y a plus rien à dire. Il fit un dernier effort. On dirait que vous êtes privée de tout sentiment, Marietta, et même de la volonté d'exister. C'est horrible pour ceux qui vous aiment. — Personne ne m'aime, à part vous. — Eh bien moi, moi! Quand je reviens ici d'une saison à l'autre et vous retrouve assise à la même place, un peu plus pâle chaque fois et pareille à une morte vivante! Avec la tête vous dites « non, non », de plus en plus profondément, pas plus fort, pas plus vite, mais toujours plus profondément. Marietta, le soleil du bon Dieu brille encore pour vous! Alors, après un long moment, elle répondit : Il ne faut plus avoir d'inquiétude à mon sujet. Je suis bien tranquille. Je vis de mon travail. A présent, je vous l'ai dit, tout s'arrange, je n'ai plus de soucis d'argent comme les premières années. Les paysans de Settignano ne sont pas méchants, vous savez? Ils ne barbouillent plus ma porte. Le pire qu'ils puissent faire, c'est rire, bêtement, quand ils me voient. Quelques-uns ont des complaisances. Non, non je ne suis pas malheureuse. Mais oui le soleil brille pour moi aussi. Vous avez raison. Et plusieurs fois dans l'année vous arrivez de loin pour venir me voir. C'est plus que je n'en puis demander. Je suis favorisée au contraire. Vous savez, j'ai tout accepté. J'attends à ma place, je serai jugée comme tout le monde. Il ne faut pas m'en vouloir, mon ami Marco, si je ne fais pas ce que vous me demandez. Vous allez partir? Quand reviendrez-vous? A l'automne, pour cueillir mon raisin. Revenez. Vous allez prendre le tramway pour vous en retourner, c'est plus commode. Vous aurez encore un peu chaud. Votre chapeau est resté dans la cour. Le voilà. Adieu, ne m'oubliez pas. Adieu. L'étranger dit : Adieu, et embrassa sa main, bien qu'elle eût murmuré : elle n'est pas assez propre. L'étranger s'engagea dans la ruelle. Il l'entendait encore dire : Adieu, ne m'oubliez pas.

DU MÊME AUTEUR

Œuvre poétique

POÈMES DE LA FOLIE HÖLDERLIN (Gallimard).

POÉSIE I-IV : *Les Noces. Sueur de Sang. Matière céleste. Kyrie* (Mercure de France).

POÉSIE V-VI : *La Vierge de Paris. Hymne* (Mercure de France).

POÉSIE VII-IX : *Diadème. Ode. Langue* (Mercure de France).

POÉSIE X-XI : *Mélodrame. Moires* (Mercure de France).

LE PARADIS PERDU (Grasset).

DIADÈME, suivi de MÉLODRAME (Poésie/Gallimard).

LES NOCES, suivi de SUEUR DE SANG (Poésie/Gallimard).

Romans et Proses

PAULINA 1880 (Mercure de France).

LE MONDE DÉSERT (Mercure de France).

LA SCÈNE CAPITALE (Mercure de France).

AVENTURE DE CATHERINE CRACHAT ·
  HÉCATE (Mercure de France).
  VAGADU (Mercure de France).

PROSES (Mercure de France).

Essais

EN MIROIR (Mercure de France).

TOMBEAU DE BAUDELAIRE (Éditions du Seuil).

WOZZECK D'ALAN BERG (Librairie Plon).

LE DON JUAN DE MOZART (Librairie Plon).

Impression Bussière Camedan Imprimeries
à Saint-Amand (Cher),
le 23 octobre 2002.
Dépôt légal : octobre 2002.
1ᵉʳ dépôt légal dans la collection : août 1974.
Numéro d'imprimeur : 025032/1.
ISBN 2-07-036609-X./Imprimé en France.
Précédemment publié par Le Mercure de France.
ISBN 2-7152-0460-4.